Sternenthaler

VOGELS MELODIE

Ein Krimi ohne Pistolen

James, ein Spekulant und Zocker an der Börse für eine Londoner Bank, begibt sich im Jahre 1936 auf eine Reise nach Paris, um die dortigen Museen zu besuchen. In einem Café am Montmartre lernt er die schöne Eva-Fee kennen und gerät unter Mordverdacht. James wird mit den Abgründen menschlichen Handelns konfrontiert : Habgier, Eifersucht und Mord. Die Handlung spielt in London, Paris (Montmartre, Moulin Rouge) und Auvers-sur-Oise. Es geht um Rohdiamanten.

Namensgleichheiten von handelnden Personen wären rein zufällig. Alle Charaktere dieser Erzählung sind fiktiv und frei erfunden.

Impressum

© 2018 Sternenthaler*
Verlag und Druck: tradition GmbH, Halenreie 40-44
22359 Hamburg

ISBN Taschenbuch: 978-3-7469-3947-6
ISBN Hardcover: 978-3-7469-3948-3
ISBN ebook: 978-3-7469-3949-0

Bibliografische   Informationen   der   Deutschen
Nationalbibliothek: Die   Deutsche   Nationalbibliothek
verzeichnet diese Publikation in der Deutschen
Nationalbibliografie, detaillierte bibliografische Daten sind im
Internet unter http://dnb.d abrufbar.

Vogels Melodie

Es war im Jahre 1936 und ich auf dem Wege nach Paris. Die Olympischen Sommerspiele in Berlin waren gerade im Gange und Jesse Owens holte vier Goldmedaillen. Da hatte der Schwarze es den Weißen mal so richtig gegeben und sie platt gemacht und Hitler wurde in seinem Rassendenken schwer gedemütigt.

Angekommen in der kleinen Pension am Montmartre, in der ich ein Zimmer vorbestellt hatte begrüßte mich die Wirtin sehr herzlich und sagte sogleich, das Bett wäre frisch bezogen und Wasser im Kruge frisch aufgefüllt. Die Vermieterin war von kleiner rundlicher Statur, hatte kleine verschmitzte Augen und zog beim Laufen ein Bein nach sich, ich glaube wohl es war das linke, um nicht zu sagen, dass sie förmlich hinkte. Vielleicht rührte dieses von einem Unfall her oder es war angeboren, indem das eine Bein kürzer als das andere war, was ich im Moment nicht feststellen konnte. Sie schien mir so um die 50 Jahre und war trotz ihrer Behinderung sehr beweglich und agil und außerdem mir gegenüber von freundlicher Gesinnung. Eine Art Kittelschürze umhüllte ihre rundlichen Hüften und auf dem Kopf trug sie ein kleines weißes Häubchen, was, wie ich fand sehr interessant aussah und womit sie vielleicht als Vermieterin mehr zur Geltung kam.

Den Grund meiner Reise hatte ich mir schon lange in vielen Gedankengängen durch den Kopf gehen lassen. Das Dorf Montmartre war im 19. bis ins 20. Jahrhundert eine künstlerische und literarische Hochburg.

Hier wirkten Renoir, van Gogh, Toulouse - Lautrec, Valadon, Utrillo, Picasso, Braque und Modigliani, um nur einige zu nennen. Ich hatte vor, mich auf deren Spuren zu begeben, die Gaststätten, Kabaretts und Tanzlokale wie A la Mère Catherine, Le Billard en Bois, Au Rendezvous des Voleurs, Le Moulin de la Galette, Le Chat Noir und Le Moulin Rouge zu besuchen. Hier hatte es ja auch unter den Künstlern im Qualm der Zigaretten und beim Wein heiße Debatten und Diskussionen gegeben. Aber es sollte anders kommen.

Voller Tatendrang und voller freudiger Unruhe bin ich dann am nächsten Morgen aufgestanden und meine Wirtin, die freundliche kleine rundliche Person mit den verschmitzten Augen und dem weißen Häubchen auf dem Kopf, immer ein Lächeln parat, servierte mir ein tolles Frühstück mit herrlichen Croissants die schwach gesüßt, mattglänzend waren und eine zarte, rösche Kruste hatten. Der Kaffee dazu war herausragend und duftete durch das ganze Haus. "Frisch für Sie gebacken und frisch aufgebrüht" sagte meine Wirtin beim Servieren noch.

Dann begann mein Trip! Es war ja schon gleich Mittag, weil meine Pensionschefin nicht aufgehört hatte, zu erzählen und mir wärmstens alle Sehenswürdigkeiten, die Montmartre bietet empfohlen hatte.

Um mich überhaupt zurecht zu finden, diese Atmosphäre am Montmartre quasi einzuatmen, hatte ich den Wunsch, mich erst einmal in eines der vielen Restaurant-Cafés zu setzen, um in aller Ruhe und Gemütlichkeit bei einem Espresso alles auf mich wirken zu lassen, die Menschen zu beobachten, um vielleicht später einmal davon erzählen zu können. Es war ein schöner Tag, die Sonne schien und es war warm. Der Himmel azurblau und kein Wölkchen in Sicht. Die Cafés und Restaurants hatten ihre bunten, gestreiften Markisen heruntergelassen und die vielen Besucher, die sich hier tummelten und gütlich taten, entweder sich an den Tischen angeregt unterhielten oder auch fröhlich herumliefen, dazwischen die eifrigen Kellner, genau diese Atmosphäre wollte ich atmen. Diese Farbigkeit, die ständig wechselte, je nach Sonnenstand, alles flirrte und war in Bewegung. Da war es bei diesem Betrieb nicht einfach, ein geeignetes freies Plätzchen zum Beobachten zu finden. Doch schließlich hatte ich Glück. Das Café Montmartre No.1.

Unter den vielen Tischen, die hier unter der Markise ohne irgendeinem System folgend platziert waren, entdeckte ich direkt rechts an der Ecke einen kleinen runden Tisch mit zwei sich genau gegenüber stehenden Stühlen. Hocherfreut steuerte ich schnell darauf zu. Bei näherem Hinsehen sah ich aber das kleine Schild auf dem Tisch: "Reserviert 15.00 h". Wie schade dachte ich, denn es wäre genau der richtige Platz für mich gewesen.

Im Rücken die warme Hauswand des No.1, mit freier Sicht auf alle Tische und Gäste, mit Sicht auf den Boulevard. Ein freundlicher Ober, wohl Oberkellner in schwarzer Hose und weißem Hemd, alles frisch gewaschen und gebügelt so erschien es mir, mit kleinem Namensschild seitlich auf der Brust und weil es so warm war hatte er sich seines Jacketts entledigt, sprach mich an. Er zeigte mir einen kleinen Tisch, der frei war und zwar Sicht über alle Tische und Gäste hatte, aber nur bedingt Sicht auf die Strasse bot, zu diesem Zweck hätte ich immer meinen Kopf wenden müssen. Ich nahm es aber hin und freute mich. Da saß ich nun im Café Montmartre No.1 an einem kleinen, runden Tisch mit zwei sich genau gegenüber stehenden Stühlen.

Ich hatte auf dem Stuhl, der in das Restaurant gerichtet war Platz genommen mit der Überlegung, ich könnte ja auch mal wechseln und den Stuhl zur Straßenseite hinnehmen. Von überall her, auch hier im No.1 erklang im Hintergrund die typische Kaffeehaus - Musik. Diese leichte, seichte und einschläfernde Musik ohne Höhepunkte. Allerdings erklang auch einmal ein Chanson von Edith Piaf, dieser kleinen Person mit der großen Aura und der unverwechselbaren Stimme. Da ging mir das Herz auf und ich fühlte mich hier angekommen.

Flott kam der Oberkellner, der mit dem kleinen Namensschild auf der Brust, mit dem blütenweißen Hemde, frisch gebügelt und gewaschen und erbat die Bestellung von mir. Ich orderte einen doppelten Espresso.

Zwischenzeitlich studierte ich die Speise-und Getränkekarten, die auf meinem Tisch so herum lagen. Besonders fiel mir das Hauptgericht No.19 auf, Pôelée de gambas aux légumes bretons et pommes de terre au citron et thym. Na also, das war ja Picassos Leibspeise. Filet de boeuf 250gr, sauce au poivre vert et gratin de pommes de terre, oder mousse de foie de canard, chutney aux pommes, bouquet de salade, las ich in der Karte. Das klang ja alles sehr verheißungsvoll und verführerisch. Ich würde es demnächst auch mal kosten. Und da war er auch schon, mein lieber Oberkellner und setzte mir galant, mit dem einen Arm auf dem Rücken, seitlich von mir stehend, wie es sich für einen Oberkellner gehört meinen doppelten Espresso griffbereit direkt vor mir auf den Tisch. Das war höchste Schule und der doppelte Espresso war wunderbar heiß. Nun saß ich hier und konnte in aller Ruhe und Gemütlichkeit die mir dargebotene lebhafte Szenerie beobachten.

Unorthodox, locker-leger waren die Tische hier angeordnet und das gefiel mir. Zur linken Seite stand ein eckiger größerer Tisch, kaum drei Meter von mir entfernt, an dem vier Personen Platz genommen hatten. Ein Mann, ca. 50 Jahre, eine Frau in etwa gleichem Alter und zwei Frauen die etwas älter schienen, so um die 75.

Der Mann trug einen Stetson Westernhut Hackberry in schwarz, mit breiter an den Seiten gebogener Krempe und schmauchte gemütlich eine Davidoff-Zigarre. Das sah ich, weil beim Rauchen dieser edlen Marke Davidoff das goldene Etikett von der Zigarre nicht abgenommen wird – aus Prestigegründen. Bekleidet war der Herr, mit einem Stresemann.

Das Jackett schwarz, einreihig geknöpft und einer schwarz-grau gestreiften Hose. Die passende Weste dazu hatte er einfach weggelassen, weil es zu warm an diesem Tage war, trug aber dazu ein weißes Hemd, leicht schmuddelig und nicht so blütend weiß und nicht so ohne Falten, und dennoch frisch gebügelt wie bei meinem Oberkellner. Der Mann hatte sich aber standesgemäß mit einer silbergrauen Krawatte bewaffnet, die jedoch auch nicht richtig saß und immer wieder verrutschte. Ständig nestelte er daran. Dieser imposante Herr war von korpulenter Figur und für seine Größe eigentlich viel zu dick. Nur ca. 1,60 m war er in die Höhe geschossen und dann wollte er wohl nicht mehr wachsen. Bald bemerkte ich, dass bei ihm von einem "Hals" nichts zu sehen war weil sein Doppelkinn diesen offensichtlich sehr kurzen Hals verdeckte. Mein Gott dachte ich so für mich: Kein Mensch wird doch ohne Hals geboren!

Der Kopf, mit zwei ungleichmäßig weit abstehenden Ohren (hätte nur noch gefehlt er hätte nur eines gehabt) machte dennoch mir gegenüber einen sympathischen Eindruck. Er schien mir ein gutmütiger Herr von ca. 50 Jahren zu sein. Alsbald aber kratzte es ihm in seinem fast unsichtbaren Halse. Die Davidoff war ihm wohl zu stark und er machte ja auch ständig Lungenzüge.

Er hustete sehr heftig und laut, wobei sich seine Gesichtszüge verkrampften, sein Kopf rot anlief, seine Augen zu tränen begannen und der Schweiß von der Stirn sich mit den Tränen vermischte, die ihm über das ganze Gesicht herunterliefen.

Und jetzt war es soweit: Er versuchte, sich mit Macht seines Jacketts zu entledigen. Dies ging aber nicht so schnell, weil es für seine Statur viel zu eng geschneidert war und erschwerend hinzukam, dass der Schweiß ja auch am ganzen Körper klebte. Den Stresemann hatte ihm doch bestimmt seine Frau empfohlen und ausgesucht, die ja mit diesem engen Schnitt die Dicklichkeit ihres Mannes vertuschen, nach außen hin reduzieren wollte. Vor lauter Hitze in seinem Körper streifte er jetzt auch seinen schwarzen Stetson ab, den mit der breiten Krempe, warf diesen missmutig auf eine noch freie Stelle der Tischplatte, und genau neben einem Teller fand der Stetson dann seinen Platz und sogleich wurde, was ich ja auch schon vermutet hatte, eine beginnende leichte Glatze dieses Herrn, so um die 50 Jahre, sichtbar. Seine Ehefrau, dies sah ich, weil beide Eheringe trugen, die ebenfalls ca. 50-jährige, die an seiner rechten Schulter Sitzende verzweifelte gänzlich ob dieser skurrilen Situation, denn diese war ja auch theaterreif, stand von ihrem Stuhl behende auf und befreite ihren Mann mit flinker Hand von diesem Übel . Das schwarze Jackett, einen Teil von diesem Stresemann stülpte sie über die Stuhllehne des links von ihr sitzenden Mannes, der sich aber dabei zum Tische hin etwas vorbeugen musste, damit dies gelang. Er machte es, ohne zu murren, denn er war ja jetzt von diesem Übel befreit.

Nach dieser Prozedur, diesem Sketch der Heiterkeit, ließ sich die Angetraute, des ca.50-Jährigen, erschöpft auf ihrem Stuhl, an seiner rechten Schulter nieder. Da sie beim Aufstehen förmlich emporgeschnellt war, musste es sich hier um eine sehr sportliche Dame handeln. Sie war im Gegensatz zu ihrem Angetrauten, der ja nicht höher als 1,60 Meter werden wollte, ca. 1,90 Meter groß und hatte sich dann entschlossen, nicht noch weiter in die Höhe zu schießen. (Aber die Größe eines Menschen ist ja nicht immer entscheidend. Denken wir an Napoléon Bonaparte, der ja auch nur bei 1,58 Metern nicht mehr wachsen wollte, hatte er sich wohl vorgenommen, ist aber in aller Beischeidenheit bezüglich seiner Größe trotzdem französcher Nationalheld, großer Feldherr und Kaiser geworden.)

Kehren wir nun zurück zur besagten Dame. Sie war dünn und dürr wie ein langes schmales Brett. Einen Busenansatz konnte ich nicht ausmachen. Auf schmalem, langem Halse thronte ihr Haupt in der Form eines schmalen länglichen Kopfes, was sie auch noch größer erscheinen ließ. Zwei kleine enganliegende Ohren bestätigten mir diese klare gerade Linie. Wie ich aber weiterhin bemerkte, konnte diese Dame, die ca. 50-Jährige, mit ihren Ohren vortrefflich hören. Ihr dünnes Haar von mittelblonder Farbe hatte sie wohl am Morgen mit Lockenwicklern eingedreht und dann mit einer Brennschere haltbar gemacht. Das hatte aber wohl nicht so richtig funktioniert. Weil eben das Haar auch so dünn war, fiel es beidseitig in lang ausgedehnten Wellen, aber so ziemlich gleichmäßig an beiden Seiten ihres Kopfes hinunter, was ja auch eine schöne Umrahmung ihres maskulinen Gesichtes darstellte.

Der schmale Mund mit fast blutleeren Lippen fiel mir auf, darüber die schmale gerade Nase und die mittelblauen Augen, die immer unruhig in Bewegung waren, vom Teint eher blass, mit zu einem schmalen Strich rasierten Augenbrauen, war sie genau im Modetrend und hatte damit etwas Ähnlichkeit mit Marlene Dietrich, dieser Stilikone. Wie ich hörte, wurde die lange, schmale Dame mit "Agnetha" angesprochen und ich dachte mir, sie könne vielleicht eine Landsmännin aus Skandinavien sein, was ich aber momentan nicht feststellen konnte und vielleicht hatte sie ja ihren Angetrauten, der ja bei 1,60 Metern nicht mehr wachsen wollte, in seiner Firma als seine Privatsekretärin näher kennen, lieben gelernt und dann geehelicht, alles war möglich. Sie trug flache braune Mokassins, obendrauf auf beiden Schuhen gleichmässig verteilt eine weiße Kordel. Ein knallrotes Jäckchen, weit geschnitten, mit rechts und links gepolsterten Schulterstücken, eine eher zu weit geschnittene Hose in knallgelb, Marlene-Hose, rundete dann das Gesamtbild ab. Alles schlabberte nur so um sie herum aber höchstwahrscheinlich war alles mit Bedacht so ausgewählt, um etwas fülliger zu erscheinen und die Knallfarben waren doch ein herrlicher Kontrast zu ihrem blassen Teint. Die flachen braunen Mokassins, mit denen sie ja auch prima laufen konnte waren vornehmlich dafür zuständig, den Größenunterschied zu ihrem Mann etwas zu reduzieren.
Das war ihr wohl wichtig und kenne sich da einer aus mit der Psychologie einer Frau dachte ich nur so. Aber alles in allem war diese Frau schon eine Persönlichkeit mit starkem Charakter.

Und was ich noch vergessen habe zu erzählen: Beim letzten Sketch mit dem Hustenanfall, dem schwarzen Stetson, diesem lustigen Theaterstück hatte diese Dame, diese ca. 50-Jährige, die bei 1,90 Metern aufgehört hatte zu wachsen, aus ihrer kleinen Handtasche, goldenfarbig ein Taschentuch herausgekramt und ihrem Angetrauten damit immer wieder die Stirn abgewischt. Das war ihr Mutterinstinkt. Als Mann kann man es aber so und so sehen.

Die diesem Paar gegenüber sitzenden, ca. 75-Jährigen Frauen, deren Verwandtschaftsverhältnis ich momentan nicht feststellen konnte, sagten eigentlich nicht viel, rauchten aber unentwegt. Ich wusste: Frankreich ist ein Raucherland. Der starke eindringliche Geruch umfing auch mich. Das konnten eigentlich ja nur die starken, die mit dem fast schwarzen Tabak ausgerüsteten Gauloises sein. Halb Frankreich rauchte diese Marke. Auch Jean Gabin. Da hatten die "Dämchen" von ca. 75-Jährchen, schon ein tolles Vorbild. Aber durch das viele Rauchen war ihre Gesichtsfarbe so ziemlich fahl und die Haut so ziemlich zerknittert.

Vor sich auf dem Tisch hatten sich die "Dämchen", die ca. 75-Jährigen, von meinem Oberkellner gewaltige Sahne-Tortenstücke auf bunten Tellern aufbauen lassen. Sie naschten und labten sich daran, und die Kunst bestand darin: Sie rauchten zwischendurch immer weiter.

Plötzlich ein Geschrei ! Zwei Kinder, ein Junge und ein Mädchen stürmten herein, direkt an meinem Tisch nah vorbei, diese vier- und fünfjährigen.

Jetzt war aber Holland in Not, denn der eckige Tisch, auf den sie zurannten, mit den zwei Fünfzig- und den zwei Fünfundsiebzigjährigen, hatte ja nur vier Stühle.

Kurzentschlossen sprangen die Kinder, weil sie augenblicklich nicht wussten wohin, auf den Schoß der älteren Damen, schleckten sofort an dem süssen Kuchen während die Alten lustig weiterrauchten und ihnen das alles gar nichts auszumachen schien.

Wessen Herkunft und in welchem Verwandtschaftsverhältnis diese Kinder waren, konnte ich momentan nicht feststellen. Jetzt kam aber die Fünfzigjährige ins Spiel, die "Lange". Wild mit den Armen in der Luft fuchtelnd machte sie meinen Oberkellner auf dieses Problem und dieses Übel, aufmerksam. Pflichtbeflissen, wie mein Oberkellner nun einmal war, rauschte er mit schnellen Schritten, fast majestätisch heran. Seine Miene verdunkelte sich zuerst etwas aber dann, als er verstand worum es ging, tippte er sich, jetzt mit einem Lächeln, dreimal galant an die Schläfe, als wolle er sagen: "Ich kenne diese Situation", ging eilig fort und kam dann mit zwei Stühlen in den Armen zurück, wohl vom nicht weit entfernten Lager, das ich nicht einsehen konnte. Da waren dann die zwei älteren "Dämchen" förmlich entlastet und schleckten und rauchten dann unbeeindruckt lustig weiter.

Und dann auf einmal horchte ich auf und dachte: Oh, là là , wir sind doch hier nicht in Italien. Caruso erhob seine Stimme.

Von irgendeinem Grammophon, das mit dem grossen Trichter, welches wohl irgendwo in einer mir uneinsehbaren Ecke oder Nische verborgen weilte, erklang die Stimme dieses unglaublichen Tenors. Es war wohl eine alte Aufnahme, denn die Platte rauschte sehr und war wohl schon etwas angekratzt. Der grosse Caruso offenbarte sich jetzt und hier, vor mir und allen anderen Gästen mit dem Titel "O`sole Mio". Caruso, der Tenor, der das Hohe C mit Leichtigkeit erreichte und das mit einem Schmelz und Volumen wie es vor und nach ihm keiner brachte. Er konnte es ja auch, denn er sang aus dem Bauch und aus der Brust und nicht nur aus der Kehle. Und ich schmolz dahin. Ich hatte einmal gelesen, dass sich Tenöre Äther in den Rachen gießen würden um das Hohe C schneller und besser erreichen zu können. Das klang dann aber metallisch. Außerdem, wenn sie es länger praktizierten, war die Stimme bald im Eimer und da gibt es jetzt nichts mehr hinzuzufügen.

Und dann geschah es !

Wie eine Elfe, seitlich nah an mir vorbei, schwebte ein Wesen, eine Dame, kaum dass ich erkennen konnte, dass ihre Füße den Boden berührten. Ein Duft von Frau, Flieder, Jasmin und Oleander umfing mich. Aus dem Bauch heraus, von einer Sekunde zur anderen fühlte und sah ich : Dieses Wesen ist nicht von dieser Welt. Elfengleich bewegte sie sich auf den kleinen, runden Tisch, mit den sich genau gegenüber stehenden zwei Stühlen, von mir rechts an der warmen Hauswand an der Ecke und den mit dem kleinen Schild, Reserviert 15.00 h zu. Es war hier der einzige Tisch, der mit einer Tischdecke bestückt war.

Einer Leinentischdecke, cremefarben mit seitlicher Bordüre und floralem Muster in goldbraun.

Pünktlich auf die Sekunde war die Dame erschienen und gleich, pflichtbeflissen eilte mein Oberkellner, der mit dem weißen Hemde und der glatt gebügelten Hose, ohne Falten heran. Sein Lächeln wurde von der Dame, die mit dem Duft von Flieder, Jasmin und Oleander, erwidert. Blitzschnell, wie ein Zauberkünstler, nahm er fast ungesehen das kleine Schild Reserviert 15.00 h mit leichter Hand fort und ließ es in seiner rechten Hosentasche verschwinden. Ohne, dass die schöne Frau etwas bestellte, bewegte sich mein Oberkellner flugs in den Innenraum des No.1 und es dauerte nicht lange und er kam wieder mit einem hohen großen Glasbecher, darin wie ich sehen konnte, bunte Früchte aller Farben. Das sah ja fantastisch aus. Mit einer galanten Bewegung, mit dem linken Arm und der Hand auf dem Rücken, seitlich von ihr stehend, wie es sich für einen Oberkellner gehört, servierte er das Getränk. Da musste ich doch sofort auf den auf meinem Tisch herumliegenden Karten nachsehen. Es war der Montmartre - Cocktail Nr.1 mit Champagner Dom Pérignon, ausgesuchten Früchten und oben drauf ein von Espressokaffee gefertigtes Sahnehäubchen.

Mit einem sanften Lächeln nahm die Dame, die nicht von dieser Welt sein konnte, das Getränk entgegen. Mit zierlicher Hand und schlanken Fingern, deren Nägel leicht rosa schimmerten, ergriff sie den hohen Glasbecher und nippte leicht an diesem Cocktail Montmartre No.1.

Mein Oberkellner war jetzt erst einmal entlassen und bediente andere Gäste.

Fasziniert vom Aussehen dieser Frau blickte ich unentwegt hinüber und hoffte, dass sie es nicht bemerken würde. Sie war von zierlicher Gestalt und saß mit übereinander geschlagenen Beinen an diesem kleinen runden Tisch mit der cremefarbigen Tischdecke und der goldbraunen Bordüre, den sie fast schwebend erreicht hatte, als würde sie auf dem Monde spazieren gehen.

Schätzungsweise mochte sie wohl so um die 25 Jahre zählen und ca. 1,65 Meter groß sein. Bekleidet war die Schöne mit einem kurzen Bolero, einem schmal geschnittenen Jäckchen, vorn rundgeschnitten, in der Farbe von einem sanften lila, darunter eine Bluse cremefarben, das Dekolletee weitestgehend verdeckend. Ein schmal geschnittener Rock bis zur Wade reichend, zum Saum hin etwas weiter und glockenförmig hinunterfallend und der Farbe dunkelgrün. An den Füssen trug sie Mokassins, die mir vorkamen wie Ballettschuhe in weiß mit einem kleinen Schimmer von rosa. Über dem Bolero und der cremefarbenen Bluse hatte sie einen weißen, fast durchsichtigen Seidenschal um ihren schlanken Hals und die schmalen Schultern gelegt. Sie trug einen Bast-Strohhut mit breiter Krempe in goldbraun und in diesem waren echte Blumen, wohl gerade frisch gepflückt oder erstanden, hineingesteckt-hineingeflochten nicht immer gerade, keinem System folgend und teilweise bis auf ihre makellose Stirn fallend.

Die Blumen glänzten wie große ungeschliffene Edelsteine in saphirblau, smaragdgrün, rubinrot bis hin zu einem diamantweiß. Das Haar braun, in leichten Wellen sich mit dem herabfallenden Schleier aus silbrigen Federn des Bast-Strohhutes verbindend fiel bis auf ihre Schultern. Ihr Teint war eher etwas dunkler als bei den Frauen, die ja nicht in die Sonne gehen wollten um ihre vornehme Blässe zu erhalten. Die Dame, die zu schweben schien wie Jesus über dem Wasser, war kaum geschminkt und hatte einen vollen Kussmund. Die Gesichtszüge waren eher slawisch mit leicht erhöhten Wangenknochen. Mit großen dunklen Mandelaugen, einer griechisch-römischen Nase und Augenbrauen in leichtem Schwunge naturbelassen, saß diese Frau mir rechts schräg gegenüber. Es waren kaum zehn Meter. Woher mochte sie wohl kommen? Aus Prag, St. Petersburg oder Warschau ? Momentan konnte ich das nicht feststellen. Ob sie wohl eine Polin war? Sofort dachte ich an die beliebte Operette "Der Bettelstudent" von Carl Millöcker in der gesungen wurde: "Der Polin Reiz bleibt unerreicht".

Um nicht so aufzufallen, weil ich die Schöne ja unentwegt ansah, ließ ich meinen Blick ab und an gelangweilt über die anderen Gäste des Montmartre No.1 schweifen. Der eckige Tisch links von mir mit den vier Personen, der ja jetzt durch die Beflissenheit meines Oberkellners zum Sechser erweitert wurde, da tobte das Leben.

Meine schöne faszinierende Dame saß eher gelangweilt auf dem einen von zwei sich genau gegenüber stehenden Stühlen mit dem Rücken an der warmen Hauswand und so schien es mir, dass sie eigentlich kaum Notiz von diesem bunten Treiben nahm. Woran mochte sie wohl denken?

Ganz in der Manier eines Oberkellners der hohen Schule schritt selbiger auf mich zu, machte eine knappe Verbeugung und fragte: "Pardon Monsieur, möchten Sie noch etwas bestellen?" "Ja, bitte, ich nehme den Montmartre Cocktail No.1." Der kam schnell und ich konnte mich daran laben, zwischendurch immer hinsehend auf die schöne Dame.

Da erschien ganz überraschend ein wie mir schien vornehmer Herr und begrüßte die Dame, die ja alleine an dem kleinen runden Tisch mit den zwei sich genau gegenüberstehenden Stühlen saß, machte eine tiefe Verbeugung und küsste die dargereichte Hand, ohne den Handrücken mit seinen Lippen zu berühren. Eigentlich war er so gekleidet wie Charlie Chaplin, alles in schwarz, nur die blaurot gestreifte Fliege und das weiße Hemd stachen heraus. Das Jäckchen, eng geschnitten, in der Mitte zugeknöpft, an den freien Seiten Hosenträger hervorlugend, wurde die Hose gehalten. Die Fliege saß perfekt und auf dem Kopf trug er eine schwarze Melone. Der Unterschied zum Charlie war, dass sich dieser Herr mit Würde, nonchalant-jovial bewegte. Ich schätzte ihn so um die 60 Jahre. Die Schläfen waren schon etwas angegraut. War es ein Adeliger, die mit dem blauen Blut? Vermutlich ein Aristokrat ? Nachdem dieser feine Herr Platz genommen und die genau gegenüber sitzende Dame ihm ein leises Lächeln zugeworfen hatte dauerte die Unterhaltung nicht sehr lange.

Die Dame nippte immer wieder kurz an ihrem Montmartre Cocktail No.1, während sich der Herr einen Espresso bestellte. Ob es ein Doppelter war, konnte ich momentan nicht feststellen.

Nach kurzer Zeit verabschiedete sich der Herr würdevoll mit einem Handkuss, ebenfalls ohne die dargereichte Hand mit den Lippen zu berühren, stilvoll wie es sich gehört und schritt in Richtung Boulevard zum Ausgang des Cafés. Ja, das ging aber schnell und ich glaubte, ein weiteres Treffen könnte folgen. So hatte ich es erfühlt. Von der Unterhaltung verstand ich ja aufgrund der Entfernung kein Wort.

Vergessen habe ich noch: Dieser feine Herr war schlank und ca. 1,85 Meter groß. Die schöne Dame war jetzt allein an dem kleinen   runden Tisch mit den sich genau gegenüber stehenden zwei Stühlen. Und wieder bemerkte ich, dass sie nicht viel Notiz von ihrer Umgebung nahm, sondern sinnend und melancholisch in die Ferne sah. In die Ferne, wo bald die Sonne in einem roten Feuerball am Horizont untergehen würde. Erst noch zu sehen 3/3, dann langsam werdend zu 2/3, dann 1/3, bis ganz untergehend, hinterlassend in der Himmelsatmosphäre einen seidigen Glanz von rotgelb und violettblau, bis zur Dunkelheit. Wenn man dann an exponierter Stelle am Montmartre stand, konnte man über ganz Paris bis an den Horizont die vielen Lichter, unorthodox verteilt, keinem System folgend wie der Sternenhimmel, erblicken. Ja, ja, schwierig-schwierig Mathematik und Lyrik.

Noch in Gedanken versunken im Zusammenhang mit der schönen Frau, die so melancholisch in die Ferne sah betrat ein zweiter Besucher meine Bühne und schritt ziemlich behäbig und breitbeinig auf den kleinen, runden Tisch mit der Dame und der cremefarbenen Tischdecke zu.

Er hatte breite Schultern, war ca. 1,75 Meter groß und von korpulenter Figur. An seinen fleischigen Fingern blitzten dicke Brillis an beiden Händen. Mit einem Ächzen und aufgeworfenen Lippen ließ er sich unsanft auf dem noch freien Stuhl, genau gegenüber der Dame nieder und der Stuhl wackelte dabei bedenklich. Die Dame jedoch lächelte wieder nur kurz und sah irgendwie an diesem Gast vorbei in die Ferne.

Wie herbeigezaubert war mein Oberkellner sofort zur Stelle. Der neue Besucher erhob seine rechte Hand, zeigte mit drei Fingern in die Höhe und mein Oberkellner zischte sofort wieder ab. Da konnte man es ja wirklich mit der Angst bekommen. Erst diese komische Begrüßung mit besagter Dame und jetzt diese Bestellung ohne Worte. Aber ich dachte mir: Mein Oberkellner kennt das schon. Der korpulente Herr (vielleicht ein Mafiaboss), kam wohl öfter zu dieser Dame. Keine zwei Minuten vergingen und mein Oberkellner war wieder da. Er hatte in der linken Hand ein hohes Glas – einen Spitzkelch, wohl mit Champagner und in der rechten Hand einen hohen großen Becher mit einer braunen Flüssigkeit. Das hätte durchaus ein Whisky sein können, vielleicht ein Bourbon der teuersten Marke. Nur wunderte ich mich, dass mein Oberkellner alles in Händen trug und nicht wie es sich gehört die Getränke auf einem Tablett brachte.

Aber wer konnte es schon wissen, warum mein Oberkellner, der sonst ja so sehr in seinem Wirken die Etikette wahrte, es in diesem Falle so machte? Vielleicht wollte er sich ja auch nur den Manieren dieses Gastes anpassen.

Das mit den drei Fingern in die Höhe heben erklärte sich mir jetzt. Das Glas mit dem Champagner und der mindestens doppelte Whisky waren ja auch drei. Der Korpulente, der aussah wie ein Mafiosi tippte mit seinem Becher nur kurz an das Champagnerglas der Dame, zog wieder eine grimmige Grimasse mit aufgeworfenen Lippen und leerte seinen Becher in einem Zuge während die Dame nur ihre Lippen mit dem Champagner benetzte. Sogleich erhob der Korpulente, derjenige ohne Manieren wieder seine Hand und streckte dieses Mal zwei Finger in die Höhe. Mein Oberkellner war wieder sofort zur Stelle und brachte erneut einen doppelten Whisky herbei.

Zwischen den zwei sich genau gegenüber Sitzenden entspann sich keine wirkliche Unterhaltung. Die Dame saß da, kaum dass sie sprach, schaute sie abwechselnd entweder über die Gäste des Montmartre No.1 oder in die Ferne. Manchmal murrte der Korpulente mit aufgeworfenen Lippen theatralisch etwas zu der Dame hinüber, was ich aber aufgrund der Entfernung nicht verstehen konnte und ich dachte mir als Zuschauer dabei, es könnte vielleicht etwas Wichtiges sein. Unvermittelt und so ganz ohne Ankündigung griff der Mafia-Mann in die Seitentasche seines Jacketts und zog einen dickeren braunen Briefumschlag hervor den er so ziemlich unbemerkt der Dame zukommen ließ, indem er schnell ihre Hand ergriff worauf der Umschlag beinahe unbemerkt im Ärmel ihres lila Boleros verschwand.

Dies hatte nämlich nicht so richtig geklappt, die schöne Dame musste nachschieben.

Der Korpulente erhob sich von seinem wackeligen Stuhl, der Untergrund war ja Kopfsteinpflasterung, zog seine mir schon bekannte grimmige Miene mit aufgeworfenen Lippen und tappste breitbeinig wie ein Bär davon. Meinem Oberkellner warf er jetzt eine volle Hand zu. Das war sein Abschiedsgruß. Die Getränke bezahlt hatte er nicht und ich taxierte, dass eine Verrechnung wohl im Zusammenhang mit dem braunen Umschlag stand. Was war wohl in diesem dickeren Umschlag? Augenblicklich war es mir nicht möglich, dies in Erfahrung zu bringen. Kaum war der Mafioso entschwunden, ich glaubte ja er wäre einer, kam mein Oberkellner an den Tisch der schönen Dame und empfing wortlos den besagten Umschlag von ihr, den er blitzschnell wie ein Zauberkünstler in seiner Hosentasche verschwinden ließ, denn er hatte sich ja der Wärme wegen seines Jacketts entledigt. Der korpulente Mafia-Boss hatte schwarzes, gegeltes und pomadiges Haar, welches bei seinem Abgang in der Sonne glänzte. Er hatte es straff nach hinten gekämmt. Ein dunkler nachtblauer Anzug mit dicken weißen Streifen von oben bis unten, ein schwarzes Hemd und darauf eine weiße Krawatte, mit in seinem Jackett außen in der Brusttasche weißem Taschentuch sah er doch recht manierlich aus. Aber der Höhepunkt waren doch seine dicken Brillanten an seinen fleischigen Fingern, denn die blitzten und glänzten in der Sonne noch mehr als sein gegeltes Haar. Meine Schöne war jetzt wieder allein und nippte gelangweilt an ihrem Champagner, benetzte erneut nur ihre Lippen damit und das Glas schien mir gar nicht leerer zu werden.

Sinnend sah sie wieder in die Ferne. Einmal glaubte ich, dass ihr Blick kurz an mir haften blieb aber schnell wieder weiterglitt.

Dies muss wohl nur in ihrem Unterbewusstsein geschehen sein, so dachte ich. Zwischenzeitlich waren schon fast eineinhalb Stunden vergangen und jetzt war es 16.30 h. Da betrat ein neuer Gast die Szenerie und steuerte direkt auf die schöne Dame, alleine sitzend an dem kleinen runden Tisch zu. Es war ein Matrose und das sah man sogleich. Mit jugendlichen, schnellen Schritten und als ob er die Welt noch erobern, ja kennenlernen wollte, klopfte er mit einem Lachen im Gesicht drei Mal mit der rechten Hand auf die Schulter der Dame und setzte sich, genau ihr gegenüber, von Angesicht zu Angesicht, nieder. Er war bekleidet mit einem ärmellosen Hemd, weiß, mit quer über den ganzen Oberkörper blauen Streifen. Dazu am Hals gebunden eine blaue Schleife und auf dem Kopf fehlte das Matrosen-Käppi nicht. Bestückt hatte er sich mit einer schwarzen weiten Hose. Ob er nun als Binnenschiffer auf der Seine seinen Dienst versah oder auf grosser Fahrt die Weltmeere unsicher machen wollte, konnte ich nicht beantworten. Außergewöhnlich für mich war, dass die Dame diesen jungen Mann sehr herzlich und freundschaftlich empfing. Sie reichte ihm ihre Hand und klopfte ihm ebenfalls drei Mal auf die Schulter. In dieser Weise hatte sich diese Dame den anderen Herren gegenüber nicht gezeigt. Sie war wie ausgewechselt und schaute auch nicht mehr melancholisch in die Ferne. Der Matrose zählte so ca. 23 Jahre, ca. 1,76 Meter groß, hatte blaue Augen und war von schlanker Statur. Sofort war mein Oberkellner wieder zur Stelle, kannte den Matrosen wohl schon und fragte nach dessen Bestellung.

Mit einem Lachen im Gesicht und burschikos sagte der Matrose etwas zum Oberkellner und der setzte sich in den Innenräumen des Montmartre No.1 schnell in Bewegung.

Zurück kam er mit einem demi und einem kleineren Glas Cognacschwenker auf dem Serviertablett. Was war wohl in dem kleineren Glas ? Es könnte vielleicht ein Cognac Armagnac oder doch vielleicht ein Framboise gewesen sein. Herzhaft stießen die zwei, die schöne Dame und der Matrose an und es entwickelte sich ein Gespräch zwischen ihnen. Dieses dauerte aber nicht lange. Schnell, ja fast in einem Zuge leerte der Matrose seinen demi, legte einen Schein auf den Tisch, klopfte der Dame wieder drei Mal auf die Schulter und machte sich leichten, fröhlichen Ganges in Richtung Boulevard von dannen. Seine blaue Schleife am Hals wippte im Takt dazu. Und wieder hatte ich das Gefühl, den Eindruck, es würde ein weiteres Treffen zwischen der schönen Dame und dem Matrosen geben.

Die schöne Frau war jetzt wieder allein und leerte ihre vor sich stehenden Gläser. Das Champagnerglas und den Cognac-Schwenker. Den Montmartre-Cocktail No.1 hatte mein Oberkellner schon vorher abgeräumt, der Becher war leer. Es war jetzt 17.00 h. Bald würde die Sonne in einem roten Feuerball untergehen. Es würde Nacht über Paris werden und wenn man dann an exponierter Stelle am Montmartre stand, konnte man die vielen Lichter blinken sehen, unorthodox angeordnet wie der Sternenhimmel.

Leicht erhob sich meine schöne Dame von ihrem Stuhl, warf meinem Kellner einen bedeutsamen Blick zu und schwebte, kaum dass ich ihre Füße den Boden berühren sah, genau auf mich zu.

Ich erschrak, weil ich annahm, dass sie mich ansprechen wollte, was ich mir ja auch heimlich gewünscht hätte. Aber nein, sie ging nah an mir vorbei und wieder spürte ich den Duft von Frau, Flieder, Jasmin und Oleander. Einen Wimpernschlag lang konnte ich dabei in ihre tiefgründigen dunklen Mandelaugen sehen. Fort war sie jetzt. Und ich, was machte ich jetzt? Plötzlich wurde mir die Kaffehaus-Musik zu laut, das muntere Treiben um die Tische herum zu viel und außerdem dachte ich darüber nach, welchen Unsinn ich hier überhaupt machte und die Menschen beobachtete, anstatt meinen Plan für diese Reise zu verfolgen, um auf den Spuren der Künstler, die im Qualm der Zigaretten und beim Wein in den Gaststätten, wie auch im Moulin Rouge gesessen hatten und diskutierten. Ich geriet in einen Zwiespalt, ich stand auf und legte einen großen Schein auf den Tisch. Mein Oberkellner war sofort da. Ohne, dass ich überlegt hätte, wie aus einer fernen Welt. Ich wunderte mich über mich selbst, sagte ich zu diesem: " Ich möchte gerne diesen Tisch für morgen, 15.00 h, reserviert haben." Erstaunt blickte er mich an und erwiderte mit Bestimmtheit: "Das machen wir hier im Außenbereich nicht" und schüttelte den Kopf. Geistesgegenwärtig antwortete ich: "Ja, aber die Dame dort am kleinen Tisch mit der Tischdecke hatte ja auch reserviert!" "Ja", meinte er, das wäre etwas ganz anderes. Die Dame kommt täglich genau um 15.00 h und geht genau wieder um 17.00 h. "Das ist so abgemacht." Dann sah er meinen grossen Schein auf dem Tisch liegen, zwinkerte mit den Augen und sagte mir den Tisch für morgen, 15.00 h zu. Na ja, es war ja auch ein fürstliches Bakschisch dabei.

Noch voll von dem eben Erlebten, diesem seltsamen Ablauf verließ ich das Montmartre No.1, um auf andere Gedanken zu kommen. Ich verspürte ein Hungergefühl in mir, musste nun endlich einmal etwas essen. Seit heute Morgen hatte ich ja nichts mehr zu mir genommen außer dem doppelten Espresso und dem wunderbaren Montmartre-Cocktail No.1. Nach Erlebnissen dieser Art überkam mich immer ein Hungergefühl, vielleicht, um mich beim Essen abzureagieren. Ein schönes Filetsteak mit einem guten Wein dazu, das wäre jetzt nach meinem Geschmack.

Am Montmartre ging es immer etwas auf und ab. Die Kopfsteinpflasterung war in Harmonie mit den altertümlichen Häusern. In den Seitenstraßen - und wenn man sich nicht auskannte wie in einem Irrgarten - waren viele Restaurants und Cafés. Dort würde ich schon einen geeigneten Platz finden, um in Ruhe speisen zu können. Meine Gedanken weilten aber immer noch bei der schönen Frau, die ja zu schweben schien und manchmal melancholisch mit ihren großen Mandelaugen in die Ferne sah. Hatte diese Frau eine gute Seele oder eine schlechte, wie man ja zu sagen pflegte. Was ist eigentlich die Seele? Die Seele ist etwas Imaginäres, unsichtbar, frei schwebend in Raum und Zeit. Platon hat darüber geschrieben und man weiß, dass Einstein die Seele nicht berechnen kann. Die Seele ist unsterblich, der Körper aber vergeht. Viele Künstler, sei es in der Malerei, der Musik, des Tanzes, können aber eine Seele sichtbar machen. Das ist schön. Und was ist dann eine Seelenverwandtschaft zwischen zwei Menschen? Das würde ich gerne zwischen mir und der Schönen Dame feststellen wollen. Die Gelegenheit dazu wird sich bestimmt noch ergeben.

Was ich noch vergessen habe: Als die Schöne Frau das Montmartre No.1 verließ, kam ein leichter Windzug auf, der an diesem warmen Tage gut tat und der weiße, fast durchsichtige Seidenschal, den sie kunstvoll um ihren Hals und die Schultern gelegt hatte bewegte sich für einen kurzen Moment auf ihrem vollen Kussmund, so, als sollte dieser Mund unberührt bleiben. Das fand ich sehr romantisch.

Das Essen hatte vorzüglich gemundet mit dem Filetsteak und dem roten Wein Château neuf du Pape. Nachdem ich an exponierter Stelle am Montmartre über das Lichtermeer von Paris geschaut hatte, unorthodox angeordnet wie der Sternenhimmel, kam ich spät in meine kleine Pension zurück. Meine freundliche Wirtin, die mit dem kleinen, weißen Häubchen auf dem Kopf war wohl schon schlafen gegangen. Das konnte sie ja auch, denn ich war der einzige Gast in diesem Hause. Immer wieder überlegte ich, wie ich es wohl fertig bringen könnte, Fotos am nächsten Tage machen zu können, denn ich hatte ja meinen Tisch um 15.00 h im Montmartre No.1 bestellt und die schöne Dame würde auch wieder da sein. Ich wollte später über diese Begebenheiten nicht nur erzählen, sondern auch Bilder zeigen können, und das würde sehr schwierig werden.

Der Öffentlichkeit gegenüber wollte ich mich ja nicht als Paparazzo outen, der für viel Knete seine Fotos an irgendwelche Zeitungen verscherbelte. Ich musste es also verdeckt bewerkstelligen.

Meine Contax III von Carl Zeiss hatte ich dabei und dann hatte ich noch eine sogenannte Agentenkamera. Die war äußerlich nicht zu sehen in den Knauf eines Gehstocks eingebaut, mit einem kleinen Knopf zum Auslösen. Den Gehstock hatte ich in London auf einer Kunstauktion ersteigert. Der ganze Saal bot darauf und schließlich, nach langem Bietgefecht war ich der Glückliche, der diesen seltenen Gehstock bekam. In der Beschreibung des Auktionshauses hieß es: Ben Akiba hätte 1903 diesen Gehstock entwickelt. Wenn ich meine Contax III nehmen würde, die von Carl Zeiss, mir in eine Zeitung die ich vorher mehrmals faltete um Stabilität zu erreichen, ein kleines Loch schnitt so groß wie eine Münze und dann dadurch fotografierte, müsste ich eine wirklich ruhige Hand haben, um das zu machen. Ich verzichtete darauf, besser wäre es, ich legte die Kamera auf den Tisch und die Zeitung darüber. Durch Anheben der Zeitung durch einen kleinen Spalt könnte es auch gelingen, Fotos zu machen. Im Rücken hatte ich den Boulevard und seitlich von mir standen die anderen Tische ca. 5 Meter entfernt. Wenn ich die Agentenkamera nahm, den Gehstock, würde ich mich erheben und mich zur Toilette bewegen, dicht an dem kleinen runden Tisch vorbei, mit der Schönen und ihrem Besuch. Unbemerkt würde ich dann den kleinen Knopf betätigen, um ein Foto zu machen. Am nächsten Morgen stand ich rechtzeitig auf, um endlich meinen ursprünglichen Plan zu verwirklichen. Heute bestand mein Frühstück aus dem wunderbaren Kaffee, der durch das ganze Haus duftete. Bestellt hatte ich mir Brötchen, Butter, Honig, 1 weich gekochtes Ei und luftgetrockneten Schinken. Meine Wirtin, die mit dem weißen Häubchen auf dem Kopf, hatte alles schnell parat.

Auch bemerkte ich, dass sie ihre Kittelschürze gewechselt hatte. Heute waren lauter Bunte Blumen darauf und sie hinkte auch nicht mehr so sehr. Das Häubchen saß perfekt, es strahlte, weil sie es wohl gerade gewaschen hatte. Natürlich wollte sie brennend gerne wissen, was ich wohl so am gestrigen Tage unternommen hätte. Ich erzählte ihr, ich hätte einen ausgiebigen Spaziergang entlang der Seine gemacht und wäre dann die 237 Treppenstufen zur Basilika Sacré Coeur hinaufgestiegen. Von meinem Erlebten im Cafe Montmartre No.1 erzählte ich ihr nichts. Das hätte ja auch wieder zu lange gedauert, um meinen heutigen Plan umzusetzen.

Zuerst wollte ich zur Rue Cortot 12, in dem Auguste Renoir mit anderen Künstlern gearbeitet hatte. Der Garten vor diesem Haus mit Bäumen und Gewächsen ist nach den Ideen von Renoir gestaltet worden. Auch hat er dieses Motiv in Öl gemalt. Wenn ich es noch bis 15.00 h schaffen sollte, würde ich zum Moulin Rouge hinüber gehen. Henri de Toulouse-Lautrec fertigte hier viele Bilder und Lithografien an. Berühmt geworden ist er besonders durch die Plakate, die er für dieses Varieté gestaltete. Durch zwei Unfälle brach sich der Künstler in jungen Jahren nacheinander beide Beine, konnte daher nicht grösser als 1,52 Meter werden. Toulouse-Lautrec entstammte einem alten Adelsgeschlecht und seine Familie war recht begütert. Daher konnte er sich am Montmartre ein eigenes Atelier leisten. Hier lernte er auch Vincent Van Gogh kennen, den er porträtierte. Viele Künstler der damaligen Zeit sind später zum Quartier Montparnasse gewechselt, weil die Unterkünfte dort preiswerter waren.

Die vielen, schönen Frauen im Moulin-Rouge hatten es Toulouse-Lautrec wohl angetan, er liebte dieses Milieu, schöpfte daraus die Kraft um so schöne Bilder zu malen.
Schade, dass er so früh sterben musste. Und ob er näheren Kontakt mit diesen schönen Frauen hatte ist nicht belegt. Gefeiert hat er dort aber durchaus. Mit viel Absinth wie Van Gogh.

Mit den Kameras, der Contax III in der Seitentasche meines Jacketts und dem Gehstock ging ich in Richtung Rue Cortot. Mit dem Gehstock war das Laufen zunächst schon etwas hinderlich und ich musste mich erst daran gewöhnen. Aber bald bemerkte ich, dass er auf dem holprigen Pflaster eine gute Stütze war.

Angekommen in der Rue Cortot 12 war ich doch im ersten Moment etwas irritiert. Alles sah anders aus, als ich es auf Bildern gesehen hatte. Wegen Renovierungsarbeiten war das Haus geschlossen und der Garten rings umher war wohl schon lange nicht mehr von Menschenhand gepflegt worden.

Aber genau das war sehr romantisch, diese Natürlichkeit der wild wachsenden Blumen, Gräser und Bäume, die in Teilen das Haus dahinter schemenhaft verdeckten. Manchmal, wenn ein leiser Windzug durch die Blätter der Bäume ging und das Haus so still da lag, dachte ich an die Vergangenheit, an die Vergangenheit dieses Hauses und des Gartens, in dem so viele Künstler gearbeitet hatten, ihre Staffeleien unter einem Baum aufbauten und malten und die Farbigkeit, das gleißende Licht und die Schatten waren hier genau so wie auf den Bildern von Renoir. Als Erinnerung machte ich mehrere Fotos mit meiner Contax III.

In meinen Gedanken und meiner Vorstellungskraft verging die Zeit recht schnell. Ich schaute auf meine Uhr, eine Rolex, die sehr genau ging und es würde keine Zeit mehr bleiben, noch zum Moulin Rouge zu gehen.

Pünktlich um 14.45 h war ich im Cafe Montmartre No.1. Auf meinem kleinen runden Tisch mit den zwei sich genau gegenüber stehenden Stühlen, stand wie verabredet das Schild "Reserviert 15.00 h". Ich nahm Platz.

Die Contax III legte ich, verdeckt durch eine Zeitung die ich mir gekauft hatte, auf den Tisch. Den Gehstock, mit der verdeckten Kamera im Knauf, lehnte ich an den mir gegenüber stehenden Stuhl. Das Café war wieder gut besucht. Die Sonne schien und das Licht war gut für mein Vorhaben, Fotos zu machen. Beflissen und schnell wie es mein Oberkellner nun einmal war, eilte er heran und nahm wie durch Zauberhand das Schild "Reserviert" fort und ließ es in seiner Hosentasche verschwinden. Ich bestellte einen doppelten Espresso zur Erfrischung für mich und auch, um meine Gedanken ordnen zu können, denn es wartete ja eine schwierige Aufgabe auf mich.

Und dann kam sie, die schöne Frau, pünktlich 15.00 h. Als sie an mir vorbeischwebte, spürte ich wieder einen Hauch von Frau, Flieder, Jasmin und Oleander und dabei lächelte sie mich an, als ob sie sagen würde, sie habe mich doch schon gestern hier gesehen.

Dies bildete ich mir aber nur ein, wortlos ging sie vorbei und zu ihrem vorbestellten, kleinen Tisch mit der Tischdecke darauf. Meinen Espresso hatte ich schon bekommen.

Nachdem die Dame Platz genommen hatte, brachte der Oberkellner unaufgefordert den obligatorischen Cocktail Montmartre No.1. Kurzweilig nippte sie mit ihrem vollen Kussmund daran und ihr Blick schweifte wieder melancholisch in die Ferne, hinweg über alle Gäste dieses Hauses. Und wieder fragte ich mich, was wohl in dieser Frau vorgehen könnte. Hatte sie einmal etwas Schlechtes erlebt? Hatte sie einmal etwas Gutes erlebt? Wollte sie ihr Leben verändern? Aber wie immer strahlten ihre frisch gekauften oder gepflückten Blumen im braunen Strohhut wie ungeschliffene Edelsteine. Blau, rot, grün, gelb und weiß.

Was ich noch vergessen habe: Als mein Oberkellner mir den Espresso brachte, sah ich bei ihm goldene Manschetten-knöpfe mit Perlmuttbesatz. Sie schillerten und blinkten in den Farben rot, grün bis hellblau. Beim Hinreichen der Espresso-Tasse auf meinen Tisch, musste ich schnell meine Zeitung beiseiteschieben und drückte dabei auf den Auslöser meiner Contax III. So konnte ich später einmal mit einem Bild zeigen, wie smart doch mein Oberkellner bediente. Auch heute war sein Oberhemd strahlend weiß und frisch gebügelt ohne Falten. Perfekt saß sein Namensschild auf der Brust. Ich glaube, er hat diesen Vorgang gar nicht bemerkt, oder er hat gemeint, dass ich versehentlich auf den Auslöser
meiner Kamera gekommen bin.

Voller Erwartung und gespannt saß ich da, krampfhaft meine Contax III unter der Zeitung haltend, um ein Foto zu machen von der schönen Frau und ihrem ersten Gast an diesem Tage.

Schräg links gegenüber von mir war der eckige Tisch, der für vier Personen heute nur mit 2 Gästen belegt, die sich angeregt unterhielten. Das war mir recht so. So würden sie nicht so sehr zu mir herüber schauen. Wie aus dem Nichts betrat ein Pfarrer meine Bühne. Er war urplötzlich da. Sein schwarzer, langer Rock schleifte bis fast auf den Boden, so dass die Füße kaum zu sehen waren. Die weiße Halskrause und ein weißes Kreuz auf einer Schärpe um seine Hüften gebunden fehlten nicht. Durch ehrerbietiges Nicken einiger Gäste sah man schon, dass er willkommen sei. Vielleicht predigte er ja in der nicht weit entfernten Basilika Sacré Coeur oder in der Pfarrkirche Saint-Jean de Montmartre im 18. Arrondissement. Hochwürden war hier also sehr beliebt.

Mit einem Handschlag begrüßte der Pfarrer die Schöne und ließ sich nieder, genau ihr gegenüber. Die Bunten Blumen in ihrem braunen Basthut glänzten jetzt noch mehr ob des hohen Besuches. Schnell, unter meiner Zeitung hervor, machte ich mit meiner Kamera ein Foto von diesem Beisammensein. Wenn ich wollte, könnte ich nachher noch mit dem Gehstock fotografieren, indem ich nah vorbei zur Toilette ging. Zwischen den zwei Freunden, so fühlte ich es, dem Pfarrer und der Schönen entspann sich ein lebhaftes Gespräch.

35

Durch Körperbewegungen und Lippenbewegungen sah ich es. Ein kleiner Windzug, in Verbindung einer Bewegung der für mich Unnahbaren ließ den von ihr getragenen weißen, fast durchsichtigen Seidenschal für den Bruchteil einer Sekunde auf die Schulter von Hochwürden gleiten. So, als würde sie vielleicht Schutz bei ihm suchen?

Aber das war ja nur mein Gedankenspiel. Der Wind hatte es getan. Oder sollte sie etwa bei ihm beichten, und alles wäre vergeben? Dabei musste ich unwillkürlich an den braunen Umschlag denken, der ihr erst vom Mafia-Mann so geheimnisvoll übergeben wurde und den sie dann an den Oberkellner weiterleitete. Schnell verwarf ich aber diese Gedanken.

Mein Oberkellner, der mit den blinkenden Manschettenknöpfen, brachte auf dem Tablett eine große Flasche Wasser mit zwei Bechern und dazu zwei Teller mit riesigen Kuchenstücken. Erdbeertorte mit Sahne. Die Jahreszeit dafür war ja auch da. Dabei waren noch zwei breite Glasschalen mit Cognac. Mein Oberkellner sagte etwas zu Hochwürden, dies konnte ich aber nicht verstehen. Höchstwahrscheinlich sagte er: "Auf Rechnung des Hauses" und verbeugte sich. Jetzt knipste ich noch einmal. Nach einer etwas längeren Unterhaltung, wobei ich als Zuschauer sehen konnte, dass Hochwürden in einigen Passagen sehr forsch auf die Dame einredete verabschiedete er sich mit einem Handschlag. Den Erdbeerkuchen hatte er schnell aufgegessen. Er hatte wohl Hunger, vielleicht auch während des intensiven Gespräches zu hastig gegessen.

Zweimal verschluckte er sich. Zum Herunterspülen nahm er von dem Wasser und dem Cognac. Wallenden Rockes und ernster Miene schritt er von dannen. Auch jetzt hatte ich das Gefühl: Ein weiteres Treffen zwischen Hochwürden und der Dame würde folgen. Meine Rolex zeigte bereits 16.30 h.

Wie ein Schatten seiner selbst, nicht ganz so elegant wie sonst und mit gebieterischem Gesichtsausdruck trat der Oberkellner (Jetzt war er nicht mehr "Mein Oberkellner") an den Tisch der Schönen Dame heran und sagte etwas zu ihr. Dies konnte ich aber nicht verstehen.

Daraufhin erhob sich die für mich Unnahbare, die Erdbeertorte noch nicht aufgegessen und verließ das Montmartre No.1.

Nicht an mir vorbei, sondern heute wählte sie einen mir noch unbekannten Ausgang, indem sie nicht durch die Tische, unorthodox angeordnet ging, sondern um die Ecke des Hauses. Da hatte sie es ja auch nicht so weit, brauchte ihren Missmut über den Kellner, der gar nicht mehr so lieb war, nicht durch die Tische zur Schau zu tragen. Sie kam nicht mehr wieder. Ich wartete noch einen Moment, legte einen großen Schein auf meinen Tisch und orderte für den nächsten Tag diesen Tisch für 15.00 Uhr reserviert. Der Oberkellner war wie ausgewechselt, nahm freundlich alles entgegen, besonders das saftige Trinkgeld.

Um an diesem Tage noch etwas bezüglich meines eigentlichen Ansinnens zu unternehmen beschloss ich, das Café du Dôme im Quartier Montparnasse zu besuchen. Von hier aus, dem Café Montmartre No.1, war es aber ein weiter Weg zu Fuß. Daher bestellte ich mir ein Taxi. Einen Peugeot 4o2 L. Der hatte eine gute Federung und es rumpelte nicht so stark über das Kopfsteinpflaster.

Die weichen Sitze im Auto waren sehr bequem. Der Taxifahrer war sehr redselig. Wie ein Fremdenführer erklärte er mir alles an uns Vorbeigleitende wie Gebäude, Straßen, Plätze und er erzählte auch aus seinem privaten Leben. Da hatte er momentan etwas Ärger. An einem roten Bändchen vor ihm an der Frontscheibe hing ein kleines rotes Herz aus Pappe. Während des Fahrens klopfte er unaufhörlich dagegen.

Er liebte eine Frau, diese Liebe wurde jedoch nicht erwidert, erzählte er. Ich versuchte, ihn etwas zu trösten. Er nahm es dankbar an. Und um ihn noch etwas mehr zu trösten, erhielt er von mir ein fürstliches Bakschisch. Mehr konnte ich für ihn nicht tun.

Das Café du Dôme im Quartier Montparnasse war Treffpunkt der Pariser Bohème. Hier saßen viele Künstler, Schriftsteller und Komponisten im Qualm der Zigaretten und beim Wein und diskutierten. Als Stammgäste verkehrten hier Pablo Picasso, Paul Gauguin, Wassili Kandinsky, Henri Matisse, Ernest Hemingway und Henry Miller.

38

Kunsthändler wie Henry Kahnweiler, Ambroise Vollard und Alfred Flechtheim gaben sich hier die Türklinke in die Hand. Die unbemittelten Gäste konnten sich hier ein Würstchen und einen Teller Pommes frites leisten, die wohlhabenden Gäste sich an Austern ergötzen. Ich bestellte mir gegrillte Gambas mit viel Knoblauch, Picassos Leibgericht. Identifizieren konnte ich unter den vielen Gästen keinen Künstler. Welch ein Wunder! Das hatte ich mir anders vorgestellt. Viele von diesen Künstlern waren aber zwischenzeitlich schon sehr berühmt geworden und weilten nicht mehr hier. Nur Fotos von ihnen hingen an den Wänden, originale Werke nicht. Die Kunsthändler hatten wohl schon alles abgeräumt. Drucke von einigen bekannten Werken waren aber irgendwo an den Wänden hingequetscht. Man wusste ja: Viele Künstler waren arm und hatten für Speis' und Trank beim Wirt ein Werk hinterlassen. Und dann kamen die Kunsthändler und redeten für wenig Geld dem Wirt die Werke wieder ab.

Es war spät geworden, so um 20.30 h. Wenn ich jetzt hier vom Montparnasse, Café du Dôme zu Fuß zum Montmartre zu meiner Pension gehen würde, bräuchte ich mindestens eineinhalb Stunden. Es wäre schön, über eine Brücke der Seine zu laufen, nach unten zu sehen auf das Wasser, in dem sich auf den Wellen die vielen Lichter spiegelten. Vielleicht könnte man auch einige Schiffe sehen, die mit unbekanntem Ziel, langsam aber stetig zum Meer hinaus fuhren und ferne Länder anliefen. Und da kannte ich mich: Ich würde Fernweh bekommen, also nahm ich wieder ein Taxi. Der Fahrer war sehr wortkarg. Aufmuntern wollte und konnte ich ihn nicht und was er in letzter Zeit erlebt hatte, wollte und erfuhr ich deshalb nicht. Bei der Ankunft am Montmartre in der Nähe meiner Pension gab ich ihm aber ein gutes Trinkgeld.

Kaum war ich in der Türe, eilte meine Pensionswirtin, die mit dem weißen Häubchen auf dem Kopf aufgeregt herbei und übergab mir ein Telegramm. Neugierig war sie schon, ich merkte es an ihrem fragenden Blick. "Oh" sagte ich nur und ging auf mein Zimmer.

Ich hatte es mir schon gedacht, das Telegramm war von meiner Londoner Bank.

Kommen Sie sofort zurück, wir müssen dringend mit Ihnen sprechen. Mit Ihnen steht hier alles auf der Kippe. Melden Sie sich sofort.
Hochachtungsvoll Direktor und Vorstand.

Ich hatte vor meiner Reise meiner Bank meine derzeitige Anschrift mitgeteilt. Natürlich wusste ich schon, worum es ging. Ich "zockte" für diese Bank an der Börse.

In Tokio, New York und London. In letzter Zeit hatte ich aber eine Pechsträhne, war vertraglich jedoch gut abgesichert.

Die Bank hatte mich schon vor Jahren von der Konkurrenz abgeworben und mich mit einem fabelhaften Vertrag, den ich ausgehandelt hatte ausgestattet. Und ich war erfolgreich, zockte Millionen für sie herein. Unabhängig für mich von Gewinn und Verlust handelte ich damals ein festes, hohes Salär aus: Jährlich hunderttausend Pfund.

Die Bank stellte mir zum Zocken, je nach Geschäftslage hohe Geldsummen zur Verfügung, deren Höhe ich aber nicht überschreiten durfte. Das hatte ich auch nicht getan. Das war belegbar. Von anderer Seite hatte ich schon gehört, dass Spieler, die für eine Bank an der Börse zockten, selbständig Gelder entnommen hatten, ohne Einverständnis ihres Bankhauses. Denen konnte dann der Prozess gemacht werden. Bei mir ging das nicht. Feuern könnten sie mich. Aber das würden sie auch nicht tun, weil alle Banker weltweit gierig sind. Sie würden mir neue Millionen zum Zocken geben um Verluste wieder hereinzuholen. Sie hatten ja auch gute Erfahrung mit mir gemacht. Außerdem war es so:

Durch meinen fabelhaften Vertrag mit der Bank war ich schon ziemlich wohlhabend geworden und nicht so unbemittelt wie viele Künstler damals am Montmartre und Montparnasse, die für Speis' und Trank mit einem Bild bezahlten. Ich war also unabhängig.

Insiderwissen hatte ich mir ja schon während meiner langen Tätigkeit auf diesem Gebiet angeeignet. Wusste im richtigen Moment, richtig zu agieren. Hatte aber auch vieles aus meinem Bauchgefühl heraus getan. Ein System gibt es dabei nicht.Ich hatte viel Glück gehabt. Aber was ist denn Glück? Ich kenne viele Menschen, reiche Menschen, die gar nicht glücklich sind. Ein sehr reicher Mensch, in Monte Carlo am Roulettetisch gewann er hohe Summen, war aber des Lebens überdrüssig, setzte sich am Tisch eine Pistole an die Schläfe und drückte ab, da war er tot.

Lapidar telegrafierte ich am nächsten Morgen an meine Bank:

"Komme bald zurück, muss hier aber noch etwas Wichtiges erledigen".
Freundliche Grüsse, Ihr Mitarbeiter.

Ich stand früh auf, um gleich nach dem Frühstück zur Post zu gehen und um mein Telegramm an die Bank abschicken zu lassen.

Ein neuer Gast war angekommen. Der Mafia-Pate aus dem Café Montmartre No 1.Der, der immer diese komischen Grimassen mit den aufgeworfenen Lippen zog. Ganz bewusst setzte ich mich nicht an meinem angestammten Platz nieder, sondern von ihm etwas weiter entfernt. Ich mochte ihn ganz und gar nicht leiden.

Für mich wird er wohl laufend in seinem Leben "Die Büchse der Pandora " geöffnet haben. Diese Redewendung entstand aus einem Mythos.

Sie drückt aus, dass man Unheil anrichtet, indem man redenswörtlich "die Büchse öffnet". Die Büchse der Pandora enthielt, wie die griechische Mythologie überliefert, alle der Menschheit bis dahin unbekannten Übel wie Arbeit, Krankheit und Tod. Sie entwichen in die Welt, als Pandora die Büchse öffnete.

Schnell schlang ich mein Frühstück hinunter, es schmeckte mir heute nicht. Das Komische aber war, dass sich dieser Neuankömmling mit den dicken Brillis mit meiner Wirtin, die mit dem weißen Häubchen auf ihrem Kopf, sehr vertraut unterhielt.

Manchmal sprachen sie etwas leiser. Ich sollte nicht alles hören. Bei dieser Vertrautheit mussten die sich wohl schon länger kennen, mutmaßte ich. Bei meinem Fortgang grüßte ich die zwei noch einmal und begab mich zur Post.

Was ich noch vergessen habe: Der Mafia-Mann, ich meinte ja er wäre einer, sah doch in seinem "Stresemann" sehr manierlich aus.

Aber ob seine Seele einmal gen Himmel schweben würde oder in die Hölle, war mir momentan unergründlich. Auf dem Weg zur Post traf ich unvermutet die "Lange", Agnetha wurde sie angesprochen, wobei ich nicht wusste, ob sie aus Dänemark, Norwegen oder Schweden war, und ihren Mann, der bei 1,58 Metern Höhe nicht mehr wachsen wollte. Sie begrüßten mich. Aha, dachte ich: man wird doch immer beobachtet.

Trotz des kleinen Theaterspiels an ihrem eckigen Tisch, den für vier Personen und nachher erweitert vom Oberkellner auf sechs im Café Montmartre No.1, hatten sie mich offensichtlich bemerkt. Die lange dünne Frau, fragte mich sogleich: "Wohin des Weges?" "Zur Post" antwortete ich. "Ja, und wir sind auf dem Wege zum Louvre" erwiderte sie. "Das ist aber ein weiter Weg" entgegnete ich. Sogleich ergriff ihr Mann das Wort: "Wir können ja ein Taxi nehmen". Seine Frau, die auf ihren flachen Schuhen gut gehen konnte, die sportliche fuhr ihn an, aber liebevoll: "Untersteh`dich, wir laufen und wenn ich dich hintragen muss". Sie lachte dabei und ich wünschte noch viel Kunstgenuss.

Nach Aufgabe meines Telegramms war ich schon um 14.3o h an meinem Tisch im Café Montmartre No.1. Meine Kameras hatte ich nicht vergessen, mitzunehmen. Das Spiel konnte also beginnen. Heute war ein diesiger Tag, der Himmel wolkenverhangen und heute Abend würde die Sonne nicht in einem roten Feuerball untergehen. Es war sehr schwül, so dass ich schon nur allein beim Sitzen schwitzte.

Voller Unruhe und für mich zur Stärkung, bestellte ich mir einen doppelten Whisky, saß da und war gespannt, wie sich die Dinge entwickeln würden.

Das Café war gut besucht. Verglichen mit anderen Tagen war es heute etwas leiser. Dieser diesige Tag hatte es wohl mit sich gebracht, dass sich die Menschen nicht so fröhlich wie sonst bei Sonnenschein unterhielten.

Alles wirkte gedämpft, auch die typische Kaffeehaus-Musik im Hintergrund. Meine Protagonistin, die schöne Dame, die sonst so Pünktliche, erschien erst um 15.30 h. Da musste doch etwas Unvorhergesehenes geschehen sein.
Das sah ich gleich. Die sonst so frischen Blumen in ihrem braunen Bast-Strohhut entwickelten nicht die Farbigkeit wie sonst. Auch ihr Gang war nicht so tänzerisch-gleitend. Etwas blass im Gesicht kam sie direkt aus dem Innenraum des Restaurants heraus, setzte sich an ihren vorbestellten Tisch, den mit der Tischdecke und dem kleinen Schild: 15.00 h reserviert. Schade, den Duft von Frau, Flieder, Jasmin und Oleander konnte ich jetzt nicht spüren. Beruhigend sagte ich mir: Liegt wohl alles an diesem diesigen Tag und den Lichtverhältnissen.

Und dann geschah es: Meine Wirtin, Camille betrat die Szenerie. Ich erschrak und machte mich automatisch etwas kleiner auf meinem Stuhl. Ich wollte nicht, dass sie mich hier sieht und hielt mir die Zeitung vor das Gesicht. Aber wie im Unterbewusstsein, aus einem Bauchgefühl heraus, machte ich ein Foto von ihr.

Die Zeitung nahm ich schnell herunter und knipste frei. Ich glaube, es hat keiner bemerkt, auch Camille nicht. Die sah heute ganz anders aus. Stolzen Schrittes, ohne wirklich zu humpeln, steuerte sie direkt auf den kleinen runden Tisch mit der Tischdecke und der schönen Dame zu. Das weiße Stoffhäubchen auf ihrem Kopf trug sie heute nicht. Stattdessen war ein Gebilde in Form einer Krone auf ihrem Haupt zu sehen. Wohl aus weißer Pappe geschnitten, da die Spitzen steif nach oben standen wie bei einer richtigen Krone. Da war sie also perfekt bekrönt. Das "Ding" hatte sie sich wohl selbst zurechtgebastelt. Auch ihr Gang sagte aus: Hallo, jetzt komme ich, die Königin und alle anderen haben nichts mehr zu sagen. Lange weiße Handschuhe, bis an die Ellenbogen zierten ihre Arme und zur Feier des Tages hatte sie sich in ein schlichtes schwarzes Kleid geworfen.

Das alles sah recht vornehm aus. Insgeheim musste ich aber etwas lächeln. Nachdem Camille sich in einem Schwung, den ich noch nie bei ihr gesehen hatte, hinsetzte, genau der schönen Dame gegenüber spurtete mein Oberkellner heran mit 2 Montmartre-Cocktails No. 1 auf dem Tablett, die mit dem Kaffee-Sahne-Häubchen obendrauf und den bunten Früchten.

Ich sah es und bestellte mir auch einen. Im Laufe dieses Beisammenseins meiner Wirtin und der schönen Dame entwickelte sich kein schönes Gespräch. Camille war wohl über etwas erzürnt. Woran das lag, konnte ich momentan nicht ermitteln. Anklagend, mit Blicken und Armbewegungen traktierte sie meine Schöne.

Die wiederum sagte aber nicht viel, schaute an Camille vorbei in die Ferne, wo heute Abend die Sonne nicht in einem roten Feuerball am Horizont untergehen würde. Mein Oberkellner, der mit den blitzenden goldenen Manschettenknöpfen, perlmuttbesetzt setzte sich dazu, einen Stuhl hatte er mitgebracht. Auch er, im Verein mit der Camille klagte die Schöne an. Das sah ich an seinen Gesichtszügen.

Jetzt war es mir egal ! Schon mit etwas Wut und leichtem Kribbeln im Bauch stand ich auf, um ein Foto mit dem Gehstock aus der Nähe zu machen. Ging am Tisch der drei vorbei zur Toilette. Perplex, als ob ich ein Geist wäre, starrte mich meine Pensionswirtin an, fing sich aber schnell wieder und hob zum Gruße eine Hand mit einem trockenen "Bonjour" ! Das war alles, was sie sagte und ich war stolz, unbemerkt dieses Foto gemacht zu haben. Das Gespräch an diesem Tisch wurde immer hitziger, bis beide, Kellner und meine Wirtin vereint ihre Plätze verließen.

Der Kellner ging schnellen Schrittes in die Innenräume des Hauses und Camille nickte mir kurz bei ihrem Abgang zu. Ein kleines Humpeln konnte sie nicht unterdrücken.

Die Schöne war jetzt allein an ihrem Tisch und nun, bevor auch sie aufstehen würde, war der Augenblick gekommen, auf den ich schon so lange gewartet hatte. Ich ging zu ihr!

Bei diesem Streitgespräch, zwischen der schönen Dame, der Camille und dem Kellner, fiel eine rote Blume, eine Rose aus dem Basthut der Schönen. Fiel auf den Tisch und blieb dort achtlos liegen.

Am Tisch der für mich Unnahbaren angekommen, machte ich eine knappe Verbeugung und sagte: "Entschuldigung… " weiter kam ich nicht! Sie sagte "Setzen Sie sich doch "! Das war wie ein Faustschlag an meine Schläfe, damit hatte ich nicht gerechnet. Ohne noch etwas Weiteres zu sagen bestellte ich ein hohes Glas mit Leitungswasser für die herabgefallene Rose. Ungläubig, mit ihren grossen Mandelaugen und erstaunt schaute sie mich an, als ich die Blume in das Wasser stellte. Es verging eine Weile, wir schauten uns an bis sie sagte: "Was führt Sie nach Paris?" Ich antwortete: "Bin auf der Durchreise, würde mir gerne hier die vielen schönen Museen anschauen". Es verging wieder ein Augenblick bis sie sprach: "Ja, das würde ich auch gerne machen, habe morgen meinen freien Tag, haben Sie Zeit?" Ich errötete und sagte nur: "Natürlich". Weiterhin erzählte sie mir, dass sie sehr gerne an der Seine spazieren würde, über das Wasser zu schauen und den fahrenden Schiffen nachzusehen wäre für sie das Allerschönste. Da bekäme sie immer Fernweh, ein schönes Gefühl- aber auch mit Wehmut behaftet.

Seelenverwandtschaft: Mir ging es ja auch immer so. Warum sie morgen einen freien Tag hatte fragte ich nicht. Ich machte den Vorschlag, dass wir uns morgen, gegen 11.00 h an der untersten Stufe von den 237 hinaufführenden zum Sacré Coeur treffen könnten. Ein freudiger Glanz lag in ihren großen Mandelaugen, als ob sie jetzt von den ihr gemachten Vorwürfen der bösen Camille und des bösen Kellners befreit wäre. Sie sagte zu. Und wieder traf es mich wie ein Keulenschlag. Die Schöne und Unnahbare hatte ein Rendezvous mit mir.

"Bis morgen" sagte sie noch, gab mir die Hand und ging schwebend leicht in Richtung Boulevard davon. Wieder spürte ich den Duft von Frau, Flieder, Jasmin und Oleander. Der diesige Tag war also nicht dafür verantwortlich, dass meine Schöne nicht so gut aussah. Es waren der gehässige Kellner und die böse Camille mit ihren Vorwürfen.

Nachdem die Schöne gegangen war, bestellte ich mir auf diesen wunderbaren Schreck noch einen Whiskey und verließ das Café.Montmartre No.1.

Es war etwas heller geworden und morgen würde ein schöner Tag mit viel Sonnenschein auf mich warten. Ich freute mich schon. In meiner Pension angekommen war meine Wirtin Camille noch nicht schlafen gegangen. Vom Mafia-Paten war nichts zu sehen. Sie stand in der Küche und war am werkeln. Als wenn ich ein Fremder wäre schaute sie mich an, sagte:

"Bonjour" und wendete sich gleich ab. Ihr Tonfall war kurz und hart. Das kannte ich so nicht von ihr. Die ausgefallene Krone, die selbstgemachte aus weißer Pappe zierte nicht ihr Haupt.

Stattdessen hatte sie ein buntes Tuch um ihren Kopf gewickelt, weil sie das Haar wohl, ohne ihre Krone aufzulassen gewaschen hatte. Das eintönig schwarze Kleid hatte sie ab-, ihre geblümte Kittelschürze wieder angelegt. Ich sagte auch nur kurz "Bonjour" und ging auf mein Zimmer.

Zuerst konnte ich nicht einschlafen, ließ den vergangenen Tag noch einmal Revue passieren.

Es war schon alles sehr merkwürdig abgelaufen, aber erfrischt wachte ich am nächsten Morgen auf und Gott sei Dank war der Mafia-Boss nicht mehr vorhanden, hatte sich aus dem Staub gemacht. Nicht so freundlich wie sonst servierte Camille mir den Kaffee und die Croissants. Nach ihrem Befinden fragte ich sie nicht. Bald ging ich los, um pünktlich um 11.00 h am vereinbarten Treffpunkt, der untersten Stufe hinauf zum Sacré Coeur, den 237 zu sein. Meine schöne Freundin war schon da. Heute hatte sie über sich, gegen die Sonne, einen roten Schirm aufgespannt. Diese ineinanderfließenden Farben, der braune Basthut war mit frischen, bunten Blumen neu gesteckt, das war schon etwas Besonderes und ihre großen Mandelaugen blickten mich verträumt an. Ein Maler hätte sofort zum Pinsel gegriffen. Malen aber konnte ich nicht.

Im Gegenteil: Ich war kein Maler, weder Mathematiker noch ein Poet mit romantischem Gedankengut. Ich war nur ein "Zocker", der im Auftrage an der Börse für die Banken spekulierte.

Was ich noch vergessen habe: Gestern, bevor ich mich mit Handschlag von der schönen Dame verabschiedete fragte ich sie nach ihrem Namen. Alle würden sie Eva-Fee nennen, ließ sie mich wissen.

Nach meinem Namen fragte sie mich nicht. Welch ein schöner Name dachte ich, denn sie war ja auch ein Fabelwesen wie aus einer anderen Welt.

Ihre Seele würde bestimmt einmal bis zu den entferntesten Sternen schweben und dort weiterleben. Wir Menschen sind aus Sternenstaub gemacht, las ich vor einiger Zeit. Bewiesen aber war das noch nicht. Jesus sagte: Wenn ihr im Überfluss habt, dann gebt ab an die Armen von eurem Brot und Wein. Und was machte ich? Ich jagte nur dem Mammon hinterher. Würde ich denn nun in den Himmel oder in die Hölle kommen? Das konnte ich momentan nicht beantworten.

Ihre großen Mandelaugen blickten mich an und sie sagte: "Gehen wir jetzt zur Seine wie verabredet". Ich fragte:" Zu Fuß oder mit dem Taxi?" Schnell antwortete sie: "Mit dem Taxi, wir könnten dann noch auf dem Rückwege am nahe gelegenen Louvre vorbeischauen, Kunst ansehen".

Ich war damit einverstanden und das Taxi kam schnell. Eva - Fee hatte alles sofort berechnet, denn sie wusste, von hier aus zu Fuß zur Seine dauerte es bestimmt eine Stunde, dann bliebe nicht mehr viel Zeit, um in das Museum zu gehen und Kunst anzuschauen. In Höhe des Louvre waren wir dann schnell am Fluss. Eva-Fee hatte vorn im Taxi neben dem Fahrer Platz genommen, ich hinten. Ob des schönen Tages, Eva-Fee war ja bei mir, gab ich dem Fahrer ein über Gebühr hohes Bakschisch. Sollte sich etwa zwischen ihr und mir eine kleine Liebelei anbahnen oder mehr? Ich konnte es momentan nicht wissen.

Sie ging neben mir. Leichten Ganges mir zur rechten Seite und ich hatte nur Augen für sie.

Den roten Schirm hatte sie zusammengefaltet, um an diesem schönen Tag die Sonne noch etwas auf ihr Gesicht fallen zu lassen. Oft blieb Eva-Fee stehen, blickte über die Seine den fahrenden Schiffen nach. Einmal sagte sie:"Da möchte ich auch mitfahren, in die Ferne". Die Sonne stand hoch am Himmel. Kein Lüftchen regte sich. Einmal ergriff sie wie zufällig meine Hand, blieb stehen und schaute über das Wasser. In den leichten sich etwas kräuselnden Wellen spiegelte sich der goldene Sonnenschein wider, Schiffe und Brücken wie es Monet gemalt hat. Was aber suchte Eva-Fee wenn sie so sehnsuchtsvoll in die Ferne sah? Geborgenheit, Abenteuer, die Nähe eines Mannes ? Wovor wollte sie fliehen?

Wenn ein Schiff vorbei fuhr und die Wellen sich am Ufer leise brachen, da waren wir in seelischer Übereinkunft, das bemerkte ich. Unterwegs erzählte sie mir aus ihrem Leben. Vor 3 Jahren ist sie aus Prag nach Paris gekommen.

Ihre Eltern, Mutter und Vater, haben ein Engagement am Prager Nationaltheater Narodni Divadlo. Die Mutter als Sopranistin, der Vater als Balletttänzer. Ihre Eltern gaben sie, Evafee, noch nicht einmal fünf Jahre alt, in eine Prager Ballettschule. Es wäre über die Jahre ein hartes Training gewesen, aber für sie, Eva - Fee, ist das Tanzen ihr ganzes Leben. Auf Spitze tanzen, en pointe, Pirouetten drehen, wäre ihr Schönstes. Da fühle sie sich frei und schwerelos und manchmal hätte sie Angst, sich in der Schwerelosigkeit zu verlieren. Aber es ist ihr ganzes Leben erzählte sie. Heute und jetzt hat sie ein Engagement im Moulin Rouge. Da tanzen die Mädchen Can-Can. In Formation, nebeneinander in der Reihe, schlagen sie die Beine hoch, höher als die Soldaten bei ihrer Parade. Und allesamt sind Cover-Girls.

In der Ballettaufführung "Romeo und Julia" hatte der Künstlerische Leiter des Hauses ihr die Rolle der Julia zugeschrieben. Nach der Musik von Sergej Prokofjew tanzte sie die Geschichte einer Liebe auf immer und ewig, die aber nicht sein darf und tragisch endet. Der Beifall war groß. Seither avancierte sie zum Star, wurde von allen geliebt. Es war ein Highlight in ihrem Leben und stolz war sie darauf, diese schwierige Aufgabe mit dieser Hingabe, die ja direkt aus ihrer Seele kam, gelöst zu haben.

Ihr Vater hatte gute Verbindungen zum Hause Moulin Rouge, verschaffte ihr vor drei Jahren dieses Engagement.

Im hellen Sonnenschein flirrte alles. Wenn einmal eine Wolke über die hoch stehende Sonne ging, war es ein ständig wechselndes Licht. Licht und Schatten, wie es die Maler hier so trefflich umgesetzt haben und neben mir Eva-Fee. Manchmal dachte ich, ich träumte. Es war aber Realität.

Wie wir so gingen, so als ob wir uns schon lange kennen würden, ließen wir uns auf einer Bank unter einem grossen Lindenbaum nieder. Einer Linde hoch gewachsen mit ausladenden Ästen. Die Blätter, wenn sie sich durch den leichten Wind am Wasser bewegten, mal hellgrün bis dunkelgrün aufleuchtend, raschelten leise und erzeugten ein Gefühl von Ruhe aber auch von Vergänglichkeit. Im Augenblick waren wir gut beschirmt unter diesem Baum, hatten einen schönen Blick über die Seine und die fahrenden Schiffe, die in die Fremde fuhren. Der Duft des blühenden Lindenbaumes umfing uns. Fleißige Bienen sammelten Nektar. Auf einem kleinen Ast mit wenig Blättern, direkt über unseren Köpfen gut zu sehen, jubilierte ein kleiner Vogel in wuderschönen Tönen. Ein Dompfaff.

Er sang, als wenn es um sein Leben ginge. Er musste und wollte ein Weibchen anlocken. Seine rostrosarote Brust wölbte sich. Das Federkleid unter seiner Kehle vibrierte. Kopf und Hals in den Himmel gereckt komponierte er eine wundersame Melodie, von Flügelschlag begleitet. Wir sagten nichts.

Als Eva-Fee ihren Blick nach oben zum Vogel richtete, verwandelten sich ihre sinnlichen grossen Mandelaugen zu fragenden Kinderaugen und ich glaubte, einen feuchten Schimmer in ihnen zu sehen. Das berührte mich. Wie aus dem Nichts kam ein Schmetterling herangeflogen. Ein Trauermantel setzte sich auf ihren Handrücken. "Oh" sagte sie nur "wie schön" und ließ den Schmetterling gewähren. Der Trauermantel ist ein schöner Falter aber auch sehr geheimnisvoll. Dieser aber suchte nur nach Nektar, ließ sich vom Duft betören. Evafees Duft von Flieder, Jasmin und Oleander.

Zurück entlang der Seine zum Louvre, winkte Eva-Fee noch einmal den Schiffen nach. Im Blick Melancholie. Lange standen wir vor Mona Lisa. Eva-Fee konnte sich gar nicht trennen. Immer wieder ging sie mal nach rechts, dann wieder nach links und näher heran, um das Bild von allen Seiten besser betrachten zu können. Das Bild ist gefirnisst. Je nach Stellung des Betrachters und Lichteinfall glänzt es und die Details sind dann nicht so gut sichtbar. Dieses sanfte geheimnisvolle Lächeln in fremdartiger Landschaft, die übereinandergelegten Hände wie zum Gebet, machten den größten Eindruck auf sie. Dort würde sie einmal tanzen wollen, mit einem weißen, durchsichtigen Schleier um ihren Körper, der sie umweht im Kontrast zu den steinernen Bergen, bemerkte sie.

Nach der Französichen Revolution bekam die Mona Lisa eine neue Heimat im Louvre. Napoleon Bonaparte, der Kleine aber Große, nahm das Bild von dort aus mit und hängte es in sein Schlafzimmer.

Nach der Verbannung Napoleons kam die Mona Lisa wieder in den Louvre zurück. Leonardo da Vinci (1452-1519), verkaufte das Bild kurz vor seinem Tod an König Franz I., der es im Schloß Amboise aufbewahrte.

In meinem Rücken spürte ich ein Unbehagen-wurden wir beobachtet? Ich drehte mich um und sah, wie der Mafia-Boss da herumschlich. Er muss es gewesen sein. Der war für mich unverkennbar. In der Menschenmenge verlor ich ihn aber aus meinen Augen. Was hatte der hier zu suchen? Kunstverständnis traute ich dem nicht zu. Machte er etwa Geschäfte mit der Museumsleitung? Stellte er Eva Fee nach?

Als mir Eva-Fee aus ihrem Leben erzählte, war ich besonders darauf bedacht, sie so wenig wie möglich zu unterbrechen. So konnte sie befreit reden und ich alles gut aufnehmen. Obwohl wir uns nur erst so wenige Stunden kannten, hatte sie großes Vetrauen zu mir, was mich wunderte aber auch glücklich stimmte. Vom Vorfall im Louvre erzählte ich ihr nichts. Der Mafia-Mann war ja auch in der Menschenmenge verschwunden und ich hoffte, dass er niemals wiederkommen würde.

Geben und Nehmen, Nehmen und Geben ist so uralt wie die Welt, schmiedet zusammen, erquicket die Seele und verfeinert das Herz. Geben und Nehmen wohnt auf fernen Galaxien und bestimmt fremde Intelligenzen.

Überall ist Geben und Nehmen, in der Musik, in der Malerei, im Tanz, auf dem Tau der Blume, im jungfräulichen Kuss auf der Wange des Geliebten und auch im kalten Schnee.

Sogar im Stein ist Geben und Nehmen, in der Quelle im Sand und überhaupt in allem. Davon aber hatte der Mafia-Boss gar nichts. Er war so und dachte nur so: Nehmen ist seliger denn Geben.

Nach den vielen schönen Eindrücken, die wir gemeinsam in den vergangenen Stunden erleben konnten, machten wir eine Pause in einem Café im Louvre.

Da Eva-Fee heute Abend noch einen Auftritt hatte, nahmen wir zurück wieder ein Taxi. Es sollte Ballett Schwanensee geben. Als Prima Ballerina Eva-Fee. Der Regisseur, gemeinsam mit seinem Kapellmeister, hatte etwas Besonderes vor:
Zwar sollte die Aufführung in traditioneller Form erfolgen, aber doch unter Mitwirkung der Can-Can Mädchen, die ihre Beine immer so schön hochschlagen, jede von ihnen ein Cover-Girl. Der Inszenierung sollte dadurch die Schwere genommen, aufgelockert werden. Nicht nur zur Musik von Peter Tschaikowski getanzt werden, sondern auch nach Can-Can-Melodien von Jacques Offenbach. Immer in den Pausen zwischen den 4 Akten. Damit auch einer Tradition des Hauses folgend.

Aber die Rolle der Odette/Odile, hätte für Eva-Fee nicht besser sein können: Sie war ihr wie auf den Leib geschrieben, es war ihr Leben. Im Café erzählte mir Eva-Fee, dass sie immer eine gute Gage bekäme.

Weil ihre Eltern in Prag nicht so gut bezahlt wurden, schickte sie immer einen Teil ihrer Gage dorthin, sowie auch aus noch anderen Einnahme-quellen. Welche das noch waren, fragte ich nicht.

An meinen Job in London dachte ich wenig. Die Algorithmen in der Mathematik mit den vielen Zahlen waren für mich grausam. Vieles beim Zocken machte ich ja aus dem Bauch heraus. Mit der Psyche meiner Banker kam ich gut zurecht. Die gaben mir immer wieder neue Kohle. Der Ofen sollte ja rauchen.

In die Psyche von Eva - Fee konnte ich mich gut hinein versetzen. Sie wollte immer nur tanzen, ihren Körper geschmeidig halten und neue Figuren kreieren. Schweben bis in die Unendlichkeit... aber doch nicht so weit, dass sie sich darin hätte verlieren können. Sie war von reiner Seele und ich hatte eine große Zuneigung, fühlte eine Verbundenheit zu ihr. An Reichtümer dachte Evafee nicht. Sie lebte nur für ihre Kunst. Im Hinblick auf ihre Bemerkung: "Auch noch andere Einnahmequellen", machte ich mir Gedanken. War sie in schlechte Gesellschaft geraten? In eine Gesellschaft die ihr Leben bestimmen wollte? Schnell verwarf ich diese Überlegungen.

Mit den Theorien zur Psychoanalyse eines Sigmund Freud kam ich überhaupt nicht zurecht. Er trug keine "Freud im Munde". Trotzdem denke ich, dass er in seinem Wirken vielen Menschen geholfen hat. Viel schöner finde ich den Satz von Franz Kafka: "Jeder, der sich die Fähigkeit erhält, Schönes zu erkennen, wird nie alt werden."

Wenn man vor der Mona Lisa steht, sieht der Betrachter ein sich ständig wechselndes Bild, unabhängig von den Lichteinwirkungen, aber nur, wenn der Hinschauende versucht in die Seele dieser dargestellten Person hineinzutauchen. Die Mona Lisa erscheint zugleich verführerisch und kalt, schön und zurückweisend.

Mit einem Silberblick schaut sie uns an, erhöht damit geheimnisvoll den Charakter und das Lächeln wird zur Mehrdeutigkeit. Einmal empfindet man es als sanft, dann wieder als bestimmend, verführerisch, weise, tief, sinnlich.
Da Leonardo da Vinci die Person im Vordergrund malte, die fast 3/4 des Gemäldes in Anspruch nimmt, wirkt sie auf den Betrachter monumental in ihrem Verhältnis zum Hintergrund. Die Körperhaltung der Mona Lisa drückt gleichzeitig Bestimmtheit in ihrem Wesen, aber auch Zuneigung und Entgegenkommen aus. Die übereinander gefalteten Hände sprechen von Demut, gleichzeitig aber auch von Stolz und einem willensstarken Charakter, wie sie dort vor verwunschener Landschaft thront.

Und jetzt noch eine Bemerkung zu Sigmund Freud: Ein Handeln im unbewussten Unterbewusstsein hatte ich auch schon an mir selbst festgestellt.

Ob Leonardo da Vinci bewusst das Bildnis der Mona Lisa so gemalt hat, wie er es gemalt hat, oder ob Teile aus seinem unbewussten Unterbewusstsein hineinflossen, kann heutzutage kein Mensch sagen. Er malte es aus der Seele heraus.

Nachdem uns der Taxifahrer bis zu unserem Ausgangspunkt, der untersten Treppenstufe von den 237 hinaufführenden zum Sacré Coeur zurückgebracht hatte, verabschiedeten wir uns. Eva-Fee wollte den Rest des Weges zum Moulin Rouge zu Fuß gehen. Dabei fragte sie mich nach meinem Namen. Alle würden mich James nennen, entgegnete ich ihr. (In London nannten mich alle "James der Zocker ") "Oh", erwiderte sie: "Hast du nachher Zeit? Ich lasse dir eine Eintrittskarte auf den Namen James an der Kasse Moulin Rouge bereitlegen.

"Schwanensee" wird schön, die Vorstellung beginnt um 20.30 h. Nach der Vorstellung hole mich bitte aus meiner Garderobe ab".

Ungläubig sah ich sie an. Damit hatte ich nicht gerechnet. Ich gab ihr mein Wort, zu kommen. Sie gab mir die Hand und sagte: Bis gleich. Mein Gott noch einmal: Über diese Frau musste ich mich immer wieder wundern.

In meiner Pension angekommen, ich musste mich ja noch umziehen, saß doch tatsächlich der Mafia-Onkel beim Wein mit Camille. Angeregt unterhielten sie sich. Camille hatte wieder ihre weiße Pappkrone aufgesetzt. Mir schlug es in die Magengrube. Kurz grüßte ich und eilte auf mein Zimmer.

Die Aufführung war ausverkauft. Jeder, der in Paris etwas auf sich hält und sich zur High Society zählte, war dabei. Ich hatte einen Platz in der ersten Reihe, mittig von insgesamt 22 Plätzen.

Schon bei der ersten Szene brandete Beifall auf. In dieser Inszenierung sollten die zwei Hauptprotagonisten sterben. Siegfried/Odette/Odile-Doppelrolle.

Und dann kam sie: Eva-Fee---und der Beifall brandete erneut auf. Dann war es mucksmäuschenstill. Die schwanenähnlichen Armbewegungen von Eva-Fee begeisterten. Wenn sie dabei auf Spitze tanzte, biegsam und grazil, gab es zwischendurch Applaus, was eigentlich unüblich ist. Zwischen den Akten gaben sich die Can-Can-Mädchen die Ehre. Jede von ihnen ein Cover-Girl. Ob der dramatischen Inszenierung, sozusagen als Erleichterung wurden die Girls enthusiastisch beklatscht, machten gute Laune.

Am Schluss der Vorstellung gab es viele Vorhänge. Das Publikum mochte sich einfach nicht von den Darstellern trennen. Es war wirklich sehr schön gewesen. Eine bemerkenswerte Inszenierung ging zu Ende.

Was ich noch vergessen habe: Neben mir in der ersten Reihe, mein Platz Nr. 11, saßen direkt links und rechts von mir zwei attraktive Damen. Im ersten Moment dachte ich schon, ich sollte verkuppelt werden. Hatte Evafee das arrangiert? Es war, glaube ich, nur Zufall, denn offenbar kannten die zwei sich nicht. Sie sprangen während der Vorführung vor Begeisterung mehrfach hoch und rempelten mich dabei an. Besonders beim Can-Can und ich war eingekesselt. Das Schlimmste aber war: Sie stanken penetrant nach einem hoch süßlichen Parfüm, so dass ich kaum wagte, Atem zu holen. Ich musste mir die Nase zuhalten. Ihr Schweiß kam dazu. Das war für mich unerträglich. Aber die zwei schauten, wenn sie hochsprangen, nur mitleidig auf mich hernieder.

Auf dem Weg zur Garderobe, um Eva-Fee abzuholen geriet ich in Schwierigkeiten. Ich wurde nicht durchgelassen. Als es mir schließlich gelang, sagte mir eine Tänzerin die gerade ihr Schwanenkostüm ablegte, Eva-Fee sei schon gegangen. Wie versteinert stand ich da. Die ersten Sekunden konnte ich mich nicht bewegen. Das konnte doch nicht sein. Diese Fee würde mich niemals versetzen. Da musste etwas ganz Unvorhergesehenes passiert sein. "Wohin ist sie denn gegangen?" schrie ich in meiner Verzweiflung. Das Schwanenmädchen sagte: " Ich weiß es nicht".

Ich war ratlos. Ich rannte hinaus und suchte in der Umgebung alle Strassen ab, alle Cafés und Restaurants. Eva-Fee blieb verschwunden - keine Spur von ihr. Ich wollte es einfach nicht glauben.

Es war jetzt so gegen 23.30 h. Immer wenn ich Stress hatte überkam mich ein Hungergefühl. Beim Essen, zu dem ich mehrere Gläser Wein und Whisky zu mir nahm, konnte ich erst wieder normal überlegen. Meine einzige Chance war: Morgen das Café Montmartre No.1. Eva-Fee würde bestimmt dort sein. Wie immer an dem kleinen, runden Tisch mit den sich genau gegenüber stehenden 2 Stühlen und dem Schild Reserviert 15.00 h.

In meiner Pension war schon alles dunkel. Von all dem, der ganzen Aufregung und dem vielen Alkohol wankte ich ins Bett. Träumte vom Schwanengesang und Eva-Fee. Und ich nahm mir fest für morgen vor, meine zwei Kameras mitzunehmen.

Es war schon spät. Erst um 12.30 h stand ich auf und hatte von gestern noch einen Brummschädel. Camille, meine Pensionswirtin, saß im Frühstücksraum in einem Sessel und schlief. Sie sah heute anders aus. Ihr Häubchen trug sie nicht. Auch die sensationelle Krone aus weißer Pappmaché zierte nicht ihr Haupt. Das Haar hing ihr in fettigen Strähnen herunter. Auch glaubte ich, ein blaues Auge ausmachen zu können. In Pantoffeln streckte sie ihre Beine von sich.

Im Gegensatz dazu hatte sie aber ihr vornehmes schwarzes Kleid an. So, als ob sie gerade von einer Beerdigung kommen würde und als Erleichterung ihr normales Schuhwerk abgelegt hätte. Als sie mich hörte, räusperte sie sich und sprang auf, knickte aber gleich wieder um.

"So spät" sagte sie, noch nicht ganz bei Sinnen. "Ja, habe einen Brummschädel ", erwiderte ich. Das war alles. Ohne noch etwas zu sagen ging sie und brachte mir den Kaffee und die Croissants. Ich wollte noch sagen: "Bitte Schinken und ein weich gekochtes Ei" unterließ es aber. Ich wollte Camille nicht noch weiter strapazieren. Was war das nur mit Camille? Was war mit ihr passiert? Ich hätte sie auch fragen können. Aber mit meinem Brummschädel hielt ich mich zurück. Und ob sie mir die Wahrheit erzählt hätte, glaubte ich nicht.

Verspätet kam ich im Café Montmartre No.1 an. Meine Rolex zeigte 15.30 h. Gerade fand ich noch einen Platz. Meinen Tisch hatte ich nicht vorbestellt. Aber Eva-Fee war nicht da. An ihrem angestammten Tisch, an der Ecke der Hauswand unter der Markise, saßen Leute die ich nicht kannte. Mein Oberkellner, der mein Oberkellner jetzt nicht mehr war schlich in gebückter Haltung durch die Tischreihen.

Mit seiner Eleganz war es augenscheinlich vorbei. Um seinen Hals trug er einen dicken, weißen Verband. Und das hing meiner Meinung nach nicht mit einer Erkältung oder einer Mandelentzündung zusammen. Das sah mehr nach einer Verletzung aus. Mit verquollenem Gesicht bediente er die Gäste. Als er mir den Montmartre-Cocktail No 1 brachte, sah ich keine Manschettenknöpfe bei ihm.

Die goldenen mit dem Perlmuttbesatz. Heute war es wieder warm und er hatte sein Jackett abgelegt. Ich wartete auf das Erscheinen von Eva-Fee. Ich wollte auch Fotos machen. Aber Eva-Fee kam nicht. In einem günstigen Augenblick machte ich vom Kellner, den mit dem dicken, weißen Verband am Halse mehrere Fotos. Auch die mir fremden Leute an Evafees Tisch fotografierte ich. Was das überhaupt sollte, war mir momentan nicht klar.

Ich machte es wieder einmal aus dem Bauch heraus, aus meinem Unterbewußtsein. Ich war enttäuscht. Eva Fee kam nicht. Ich wartete noch bis ca. 18.00 h. Was blieb mir denn noch? Ich fasste den Entschluß, zum Moulin-Rouge zu gehen. Den Kellner wollte ich nicht fragen. Der hätte mir bei seinem Gesundheitszustand vermutlich nur Blödsinn erzählt.

Die Flügel der roten Mühle drehten sich langsam und das Gebäude war hell erleuchtet. Die integrierte Gastronomie und auch das Hotel hatten geöffnet. Aber auf einem Plakat konnte ich lesen: "Heute keine Vorstellung." Ich würde also Evafee nicht sehen können. Ernüchtert von diesem Ergebnis suchte ich in den Räumen des Hauses, im Restaurant nach Eva-Fee, gefunden habe ich sie nicht.

Die feiernden und mit Wohlbehagen essenden Gäste sahen mich, den Suchenden immer wieder komisch und fragend an. Ich fühlte mich wie ein Ausgestoßener. Die herablassenden Blicke wollte ich nicht mehr ertragen müssen. Ich verließ das Moulin Rouge.

Heute Abend ging die Sonne in einem Roten Feuerball unter. Es wurde dunkel. An exponierter Stelle konnte ich über Paris und das weite Lichterfeld sehen, zum klaren Sternenbild hinaufblicken. Wie gerne hätte ich hier mit Evafee gestanden.

Am nächsten Morgen wollte ich sterben. Eva-Fee war tot.

Die Pariser Gazetten überschlugen sich: Mord im Ortsteil Montmartre/Moulin-Rouge Beliebte Primaballerina erwürgt aufgefunden Eva-Fees letzter Tanz "Schwanensee"

Gestern, in den frühen Morgenstunden wurde Eva-Fee tot in ihrem Appartement, einem Nebenhaus des Moulin-Rouge, aufgefunden. Noch vor zwei Tagen, bei der Abendvorstellung im Moulin-Rouge-Ballett Schwanensee tanzte die beliebte Primaballerina die Odette/Odile. Die Beifallsstürme waren groß. Es gab 15 Vorhänge. Ihre Haushälterin fand Eva-Fee wie schlafend auf ihrem Bett. Vollkommen bekleidet und mit einem weißen, fast durchsichtigen Seidenschal um ihren Hals.

Kriminalhauptkommissar Jean Brambeau vom Polizeirevier Montmartre im 18. Arrondissement hat mit seinem Team diesen Fall übernommen. Brambeau ist bekannt dafür, dass er schon so manche(n) Mörder/Mörderin zur Strecke gebracht hat. Einige Spuren wurden gefunden. Auch Fingerabdrücke konnten sichtbar gemacht werden, die aber vorerst nicht weiterhelfen konnten, weil sie zu undeutlich waren. Aus ermittlungstechnischen Gründen, über noch andere Spuren die gefunden wurden wollte sich Brambeau nicht weiter äußern.

Die Polizei bittet die Bevölkerung um Meldung, wer vielleicht Personen gesehen hat, die in der Nacht vom 12. auf den 13. Juni das Nebenhaus vom Moulin-Rouge betreten haben.

Ich war wie erschlagen. Ein Stich ging durch mein Herz, ich verlor das Bewusstsein. Tot ist tot. Helfen ging nicht. Und ich würde nie wieder in ihre schönen Augen blicken können.

Nie mehr sie tanzen sehen, leicht wie eine Feder. Eine vollkommene Abwesenheit befiel mich. Was sollte ich noch hier? In meiner Verstörtheit hatte ich nur einen Gedanken: Gehe an der Seine entlang und setze dich auf die Bank unter dem blühenden Lindenbaum und lausche dem Gesang des kleinen Vogels.

Die Sonne wollte heute nicht so richtig durchkommen, sie versteckte sich hinter Wolken. Auf dem Weg entlang der Seine begegneten mir nur wenige Menschen. Sie sahen alle so hölzern und steif aus. Machten traurige Gesichter. Aber vielleicht bildete ich mir das alles nur ein, bei dem Schock, den ich erlitten hatte. Das Wasser der Seine war grau in grau. Keine Spiegelung von Schiffen und Brücken. Über mir in der Luft krächzte einsam ein Rabe. Wie verloren in der Ferne das Signal eines Dampfschiffes. Die Bank unter dem blühenden Lindenbaum wollte einfach nicht kommen. Auf ihr suchte ich Erlösung, wußte aber schon jetzt, dass sie nicht kommen würde.

Leise nahm ich Platz, als ob ich niemanden stören wollte, schaute nach oben. Da saß er nun, der kleine Vogel, so, als ob er mich schon erwartet hätte auf dem dünnen Ast mit den wenigen Blättern. Er sah heute anders aus, das Gefieder erblasst. Ab und an plusterte er sich auf, sang aber nicht, reckte seine Brust und seinen Kopf nicht in den Himmel. Manchmal nur pickte er mit seinem Schnabel in den Ast.

Er hatte wohl keine Lebensgefährtin gefunden. Oder war er traurig, weil Eva-Fee nicht da war? Bienen sah ich nicht viele. Aber der Trauermantel war da, setzte sich auf die Rücklehne der Bank.

Er flog aber schnell wieder davon, wohl wissend, dass er nur Trauer mitgebracht hat, dieser geheimnisvolle Falter. Der Dompfaff über mir sang nicht. Manchmal erhob er seine kleinen Flügel, um davon zu flattern. Dann tat er es, flog schweigend davon. Stumm, als gebe es nichts mehr zu sagen. Eine Weile blieb ich noch. Meine Gedanken kreisten um Eva-Fee.

Unbedingt wollte ich einen Termin mit Kriminalhauptkommissar Jean Brambeau machen. Unbedingt! Und zwar ganz schnell!

Schweißgebadet wachte ich auf. Es war ein schöner Sommertag. Mit Evafee lag ich im grünen Gras, neben uns eine hohe Steinmauer. Dunkle Gewitterwolken zogen auf und ein heftiger Sturm. Die Mauer wankte und stürzte auf uns herab. Ich sprang zur Seite, hörte noch einen dumpfen Knall, fand mich auf dem Fußboden neben meinem Bett liegend wieder. Mein Herz raste und brannte. Ich war dem Unheil entkommen, aber Eva-Fee war tot.

Albträume dieser Art hatte ich in diesen Tagen viel. In der Zeitung hatte ich gelesen: Eva - Fees Trauerfeier ist am 2o.Juni, sieben Tage nach ihrem Tod und findet in der Basilika Sacré Coeur statt.

Anschliessende Erdbestattung auf dem Cimetière de Montmartre. Wieder ein Stich durch mein Herz. An der untersten Stufe zu den 237 hinaufführenden zum Sacré Coeur hatten wir uns getroffen.

Die nächsten Tage lebte ich nicht wirklich. Musste mich zusammenreißen, bis zum 20. irgendwie durchhalten. Ich trank viel Whisky und Wein. Gegessen habe ich nur wenig. Das kannte ich nicht von mir.

Auch Edgar Degas wurde hier in Paris im Jahre 1917 bestattet. Er malte so schöne Balletttänzerinnen, so schön, wie Eva-Fee tanzen konnte.

Die Kirchenbänke bei Eva-Fees Trauerfeier waren voll besetzt. Sogar in den Gängen standen die Menschen. Kein Wunder bei Eva-Fees Bekanntheit. Der Pariser Star war ermordet worden. Das Allegro Moderato aus Schwanensee von Tschaikowski wurde eingespielt.Von der Rede des Pfarrers habe ich nicht viel mitbekommen. Nur einmal, als er sprach: Auge um Auge, Zahn um Zahn, Seele um Seele. Der Gang zur Grablegung war schwer.

Mir wurde schwindelig. Die vielen Menschen hatten sich zerlaufen. Etwa nur dreißig Leute zählte ich. Einige von ihnen kannte ich. Abseits, in geringer Entfernung von der ausgehobenen Grabstelle standen zwei Männer und beobachteten das Geschehen. Der eine davon in einem langen zerknautschten schwarzen Ledermantel.

Das musste Hauptkommissar Jean Brambeau sein. Wie ich gelesen hatte, würde er diesen Mantel immer tragen, sogar noch im Bett. Das konnte ich mir vorstellen, schließlich musste er ja immer schnell zur Stelle sein. Ich sprach ihn an.

Was ich noch vergessen habe: Ein großes Farbfoto von Eva-Fee war im Kirchenraum aufgestellt worden. Schön anzusehen mit dem außergewöhnlichen Blumen-Basthut, frische Blumen gerade eben gepflückt. Das Blumenmeer nebenan wollte einfach kein Ende nehmen. Den Pfarrer kannte ich: Er redete im Café Montmartre No.1 so eindringlich auf Evafee ein, so, als ob sie zu ihm in die Beichte kommen sollte.

Als ich Hauptkommissar Jean Brambeau ansprach, musterte er mich von oben bis unten, von Kopf bis Fuß abschätzend. Lange schaute er mir in die Augen, kniff dabei seine zu und sagte mit dunkler Bass-Stimme: " Kommen sie morgen um 11.oo Uhr in mein Kommissariat".

Am nächsten Tag, 11.00 h, war ich im Kommissariat. Mit gemischten Gefühlen ging ich dort hin. Was würde mich erwarten? Ich musste mich ausweisen, meinen Reisepass abgeben.

Ein Beamter führte mich in das Zimmer vom Chefermittler Hauptkommissar Jean Brambeau. Der war aber noch nicht da, nur ein Mitarbeiter von ihm saß da einsam und verlassen auf einem Stuhl in der Ecke des Raumes. Er fragte mich: "Möchten sie einen Kaffee oder ein Glas Wasser"? "Bitte ein Glas Wasser" murmelte ich. War ja alles sehr freundlich hier bis zu diesem Moment.

Am liebsten hätte ich jetzt vor Aufregung einen Whisky gebraucht, mochte es aber nicht sagen. Der Raum war ziemlich kahl. Die Fenster ohne Gardinen. Die Scheiben so matt, dass nicht viel Tageslicht hereinfiel. Die mussten dringend einmal geputzt werden. In der Mitte des kleinen Raumes ein riesiger Schreibtisch.

Keine Akten oder Schriftstücke darauf, nur eine schwarze Tischlampe. Ein Jugendstil-Schreibtisch mit grüner Lederauflage. Der Tisch sah aber schon ziemlich ramponiert aus. Musste schon viel durchgemacht haben. Kein Wunder, wenn der Kommissar schon mal bei seinem Temperament beim Verhör darauf herumgehackt hatte. Hinter dem Schreibtisch ein abgeschlissener Sessel mit Armlehnen in Feuerrot. Das war offensichtlich der Chefermittler-Sessel.

Vor dem Tisch ein klappriger Stuhl. Da konnte man sich gut in die Augen sehen. An einer Seitenwand eine Pritsche mit durcheinander gewühlten Wolldecken. Da konnte sich der Kommissar schlafen legen, in seinem schwarzen abgewetzten Ledermantel. Er musste ja immer zum nächsten Einsatz schnell bereit sein.

Die Tür ging auf und jovial winkend begrüßte er mich mit seiner tiefen Bass-Stimme mit James, nahm ungelenk auf seinem Chefsesselplatz. Er knipste sofort die schwarze Tischlampe an. Es wurde heller. "Sie kommen aus London, was hat sie nach Paris geführt?" brummelte er. Ich passte mich ihm an und brummelte zurück: "Ich möchte mir hier gerne die weltberühmten Museen anschauen".

"Welchen Beruf üben sie in London aus, diese Reise hierher ist ja nicht ganz so billig, das kann nicht jeder machen heutzutage." "Ich bin Bankangestellter als Kundenkontoführer und manchmal auch in der Kassenhalle tätig. Bargeld annehmen, Bargeld ausgeben, Schecks weiterleiten", knurrte ich zurück.

Sollte das hier etwa ein Verhör sein? Von meiner Zockerei erzählte ich nichts. Das brauchte ich diesem Herrn nicht auf die Nase zu binden. Der konnte mich mal!" Na, da haben sie einen schönen Beruf, Bankleute verdienen gut, brauchen nicht viel zu arbeiten", meinte er. "Was führt Sie zu mir"? fragte er. "Im Café Montmartre No. 1 habe ich Eva-Fee kurz kennen gelernt. Aufgrund ihrer Schönheit sprach ich sie an". Brambeau rollte mit den Augen. "Wir unterhielten uns und Evafee sagte zu mir: "Morgen habe ich meinen freien Tag und wir könnten doch an der Seine spazieren gehen, ich sehe so gerne über das Wasser mit den vielen Schiffen".

Das machten wir dann. Im Anschluß besuchten wir noch den Louvre. Als wir uns verabschiedeten, sagte Eva-Fee zu mir: " Komm doch heute Abend zu meiner Vorstellung, Schwanensee wird gegeben, 20.30 h im Moulin Rouge.

Eine Eintrittskarte lasse ich dir an der Kasse hinterlegen. Nach der Vorstellung kannst du mich in meiner Garderobe ja abholen". Was ich dann auch tat. Aber Eva - Fee war nicht da. Ich war verwirrt, rannte auf die Strasse, suchte alle Cafés und Restaurants in der Nähe ab. Eva-Fee blieb verschwunden". Mit erhobenen Augenbrauen fixierte mich der Chefermittler, malträtierte die Tischplatte mit der Faust und donnerte los: "Wo waren Sie in der Nacht vom 12. auf den 13. ab 24.00 h?" Jetzt wusste ich, das hier war ein Verhör.

Der wollte mich zum Mörder machen. Ich kapierte langsam. Ich schrie zurück: "Im Bett, wo sonst? In meiner "Pension Camille", war besoffen, enttäuscht". "Können Sie das beweisen"? "Nein" knallte ich zurück. "Wenn sie mir keine Beweise bringen können, behalten wir ihren Pass ein. Sie dürfen Paris nicht verlassen".

Der Brüllaffe von "Hauptkommissar" verließ wortlos den Raum. Ich dachte noch, der will mich jetzt linken, mich, den erfolgreichen Zocker. Das würde ihm aber nicht gelingen. Ich verließ dieses ominöse Etablissement, dieses komische Kommissariat. Sein Assistent, der einsam in der Ecke auf seinem wackeligen Stuhl saß sagte nichts, beobachtete mich die ganze Zeit mit seinen listigen Augen von allen Seiten.

Angegriffen, ziemlich durcheinander, verließ ich das Kommissariat. Mein Pass wurde einbehalten. Ich war meiner Freiheit zum Teil beraubt und durfte Paris nicht verlassen. Bestimmt würden sie mich täglich observieren.

Nach diesem kleinen Anschlag gegen mich ging mir immer wieder Evafees Beerdigung durch den Kopf. Der Gang hinter dem Sarg war schwer. Ich hielt mich an letzter Stelle. An vorderster Stelle gingen ihre Eltern. Sie waren aus Prag gekommen und hatten alles in die Wege geleitet, wie ich später erfuhr. Einer der Sargträger war mein "Freund", mein "Oberkellner", der er ja nicht mehr für mich war. Er hatte sich also als Sargträger verdingen lassen. Ob nur in diesem Falle oder auch noch anderswo, ich wusste es einfach nicht.

Auf alle Fälle aber ein schöner Nebenverdienst neben seiner Kellnerei. Von allen vier Sargträgern ächzte und stöhnte er am meisten unter der Last. Den dicken, weißen Verband um seinen Hals hatte er abgelegt, trug stattdessen einen schwarzen Schal. Den hatte er aber offensichtlich so stramm zugezogen, dass er kaum Luft bekam und bläulich anlief. Camille war auch dabei.

Als der Sarg in die Erde hinuntergelassen wurde und Evafees Seele schon im Himmel war begann Camille laut zu schreien, zu weinen, zu wimmern. Hätten Evafees Eltern sie nicht zurückgehalten, wäre sie noch hinterhergefallen.

Mir war das alles zu theatralisch. Ich glaubte ihr nicht. Der feine ältere Herr, der blaublütige Aristokrat vom Café Montmartre No.1 stand mit unbewegter Miene neben den Eltern. Erstaunlicherweise waren auch die "zwei Dämchen" vom Moulin Rouge, die in der Vorstellung Schwanensee links und rechts neben mir gesessen hatten, zugegen.

Von denen hielt ich mich aber fern, die stanken mir zu sehr nach ihrem süßlichen Parfüm. Der Mafia-Boss war nicht zu sehen. Auch der nette Matrose, mit dem sich Eva-Fee so aufgelockert unterhalten hatte war nicht da. Der musste sich wohl auf grosser Fahrt befinden.

Zwei gingen noch hinter mir. Das bemerkte ich aber erst, als ich auf meinem Rücken ein leichtes Klopfen spürte. Es war die "Lange" mit ihrem "Kleinen" vom Café Montmartre No.1. Die saßen ja links von mir an dem eckigen Tisch für vier Personen, nachher wegen der Kinder auf sechs Personen erweitert.
Leise sagte die Lange zu mir voller Erstaunen: "Was machen Sie denn hier?"

"Ich bin rein zufällig hier, habe es in der Zeitung gelesen". Mehr sagte ich nicht und die Lange schwieg dann auch. Ob Camille mich überhaupt wahrgenommen hatte, wusste ich nicht. Sie war ja auch zu sehr mit ihrem Schauspiel beschäftigt.

Auf meinem Wege vom Kommissariat zu meiner Pension fasste ich einen schnellen Entschluss: Ich musste hier erst mal für einige Tage raus. Irgendwie den Kopf freibekommen, neue Kraft schöpfen und ich schwor mir: Den feigen Mörder wirst du dingfest machen. Am liebsten würde ich ihn auf dem Scheiterhaufen verbrennen sehen. Den gab es leider nicht mehr. Aber da wäre ja noch die Guillotine, dieses Fallbeil, wo der Kopf in Sekundenbruchteilen vom Rumpf getrennt wird und der Scharfrichter vorher das Messer ordentlich gewetzt hat. Das würde ich dem Mörder, dem Erdrosseler am meisten wünschen. Aber wie ist das nun?

Der Pfarrer hatte bei seiner Predigt gesagt: "Auge um Auge - Zahn um Zahn". Das klingt nach Vergeltung. In der Bibel steht aber auch: Liebe deine Feinde! Was sollte ich glauben? Auf alle Fälle wünschte ich dem Mörder, dass man ihn bis an sein Lebensende in den Kerker werfen möge. Bei trocken Brot und Wasser. Das wäre vielleicht die bessere Strafe.

Genügend Geld hatte ich bei mir. Allerdings nicht meinen Pass. Den brauchte ich hoffentlich nicht, denn mein Ziel war Auvers-sur-Oise, ca. 30 Km von Paris entfernt.

Da würde ich vielleicht für zwei bis drei Tage eine Pension finden. Ich dachte an die Auberge Ravoux. Hier hatte Vincent van Gogh die letzten Monate seines Lebens verbracht.

Ich könnte mir auf dem Friedhof in Auvers seine Grabstelle ansehen, um den Kirchturm herumgehen und durch die Weizenfelder schreiten. Die Raben über den Feldern beobachten.

Diese würden laut krächzen, ganz schrill, markerschütternd den Tod Evafees und Vincents Tod beweinen. Tränen würde ich nicht bei den Vögeln sehen, und auch meine Trauer war ohne Tränen, aber meine Seele weinte.

Das Damoklesschwert in Form von schwarzen Raben schwebte auch über meinem Kopf. Wenn ich keine Beweise meiner Unschuld erbringen könnte, drohte mir was? Ja, was ? Erst dachte ich, Camille als meine Zeugin zu benennen, indem ich sie mit einer hohen Geldsumme bestach, sie bat auszusagen, wir hätten in besagter Nacht ab Mitternacht bis zum nächsten Morgen zusammen beim Wein gesessen.

Auch könnte ich meinen Anwalt in London informieren. Der würde mich schon raushauen. Dann dachte ich wieder: Brambeau hat ja nichts gegen mich in der Hand. Er hat nur geblufft und Camille würde bestimmt umfallen. Nein, das wollte ich alles nicht. Ich wollte hier bleiben und den Mörder zur Strecke bringen. Sollten mich Brambeau und sein Team doch observieren, beschatten. Bei mir würden sie nichts finden.

Der Regionalzug ratterte durch die Landschaft. Monoton, immer in den selben Abständen machte es klick-klack, klick-klack, wenn die Räder auf die Stellen trafen, an denen die Schienenstränge zusammen gebaut waren. Es war ein heller Tag, die Sonne schien.

Durch mein Abteilfenster sah ich die Felder, wie unberührt da liegen und ich sah kleine Dörfer vorüber ziehen. Die roten Dächer blinkten. Ich sah sie, dann waren sie wieder verschwunden.

Kornfeld von Sternenthaler*

Nur noch die stillen Felder in denen der Weizen hell leuchtete. In meinem Zugabteil saßen wenige Reisende. Ein schon etwas älterer Herr mit Rucksack, den er neben sich auf der Bank liegen hatte verzehrte gerade sein mitgebrachtes Brot, entwickelte es aus milchigem Pergamentpapier. Auf der Ablage am Fenster eine Thermosflasche. Zu seinem Brot trank er fleißig dazu. Was drinnen war, blieb mir unbekannt. Ihm gegenüber räkelte sich eine Dame mittleren Alters. Diese war mir zu sehr aufgetakelt mit ihrem Federhut. Mit einer Zigarettenspitze rauchte sie unentwegt. Die Räder quieschten, der Zug hielt an. Ich war in Auvers-sur-Oise angekommen.

Der Weg vom kleinen Bahnhof zur Pension war nicht weit. Zu tragen hatte ich nicht viel. Nur eine Tasche mit dem Nötigsten. Auvers-sur-Oise ist ein kleiner Ort, nur wenigen Menschen begegnete ich. Einige blickten mich an und dachten wohl: Ein Fremder besucht uns hier. Angekommen an der Auberge Ravoux war ich enttäuscht. Verlassen lag das Haus da. An der Tür ein Schild: Wegen Renovierung geschlossen.

Das wollte ich nicht hinnehmen, ich klopfte, erst nur kurz, dann etwas heftiger. Die Tür ging auf, eine Frau mit schon etwas gräulichem Haar blickte mich fragend an. "Kann ich bei Ihnen übernachten, nur für zwei Tage"? "Nein" sagte sie, "ist alles durcheinander, wir renovieren gerade und auch der Schankraum ist geschlossen".

"Ich zahle gut" und sogleich streckte ich ihr einige große Scheine entgegen. "Ich könnte Ihnen oben ein kleines Dachzimmer geben und Hunger werden Sie bestimmt auch haben, von heute Mittag sind noch Fischsuppe und etwas Brot da".

Mit strahlendem Gesicht nahm sie die Scheine entgegen und wir gingen zusammen die Treppe zum Dachzimmer hinauf, die Treppe knarrte fürchterlich. In diesem Hause hatte Vincent van Gogh seine letzten Bilder gemalt. Darunter auch das Weizenfeld mit Raben. In nur siebzig Tagen siebzig Ölgemälde geschaffen. Zusätzlich noch viele Zeichnungen aus der Umgebung. Er war im Schaffenswahn, wie im Rausch gewesen. Das Dachzimmer war spärlich eingerichtet. Nur ein Bett, ein Stuhl, ein kleiner Tisch und ein kleiner Schrank. Das war mir egal. Hier konnte ich meinen Gedanken freien Lauf lassen, neue Kraft schöpfen und etwas zu Essen bekam ich auch.

Ich beabsichtigte, nachher noch einen kleinen Spaziergang durch die Weizenfelder zu machen. Es wird eine Tropennacht werden. Jetzt am Abend waren es noch 25 Grad. Und auch heute ging die Sonne wieder in einem roten Feuerball unter.

Die Bouilabaisse hatte sehr gut geschmeckt, war schön heiß und belebte meinen Geist. Einen Weißwein hatte mir die neue Pächterin vom Ravoux dazu bereitgestellt.

Es drängte mich nach draußen. Langsamen Schrittes ging ich in Richtung Kirche. Es war schon dunkel geworden. Ein letztes Rot am Horizont. Schemenhaft tauchte die Kirche auf. Es war windstill. Ein Nachtvogel umkreiste den Turm. Einmal blieb ich stehen, um mir das Gebäude aus gewisser Entfernung im Ganzen anzusehen. Dunkel hob es sich vom Himmel ab. Einen kleinen Bogen schlagend ging ich vorbei in Richtung der Felder. Die Grillen zirpten, leise wisperte es in den Gräsern. Eine Tropennacht, ein sternenklarer Himmel. Da stand ich jetzt zwischen den Weizenfeldern. Sah hinauf zu den Sternen. Wenn man länger hinschaute, meinte man, sie würden sich bewegen, kreisen wie bei Vincents Gemälde Sternennacht-unorthodox. Da oben sind sie jetzt diese zwei Seelen. Die von Evafee und die von Vincent und vielleicht haben sie sich auch schon getroffen. Wann würde ich folgen? Wenn dieser Oberermittler mich unter die Guillotine brachte?

Mal langsam, mal langsam, sagte ich mir, ich hatte ja ein gutes Bauchgefühl, nicht nur allein wegen der hervorragenden Fischsuppe und wanderte gemächlich zur Pension wieder zurück. Für den nächsten Tag wollte ich mir vornehmen, das Grab von Vincent zu besuchen, noch einmal durch die Felder zu gehen, um die Raben fliegen zu sehen.

Das Wetter hatte sich geändert. Graue Wolken zogen über das Land. Wind war aufgekommen, bog Bäume, Büsche und Weizenfelder. Gerne hätte ich in das Zimmer von Vincent gesehen. Die Pächterin wollte es aber nicht. Ihr Mann hatte es verboten. Dort würde alles wieder in den Ur-Zustand hergerichtet werden. Auch die Nägel in den Wänden, an denen Vincent seine Bilder zum Trocknen aufgehängt hatte, sollten bleiben. Auf dem Wege zum Friedhof pflückte ich rote Mohn- und blaue Kornblumen, auch Sonnenblumen. Da würde sich Vincent freuen. Auch auf Theos Grab daneben legte ich von den Blumen. Vincent war ein religiöser Mensch. Genies müssen früher sterben. Mit seinem Bauchschuss hatte er dem vielleicht auch noch etwas nachgeholfen.

Genie Einstein, der mit der heraushängenden Zunge wollte aber so früh nicht abtreten. Über den Feldern flogen die Schwarzen Raben. Im Volksmund heißt es: "Sie bringen den Tod mit sich ". Ihre Flügel bewegten sich kaum, die Raben wurden vom Winde getragen, kreisten im Verband oder auch einzeln in der Luft, vergleichbar mit dem Kreisen der Fische im Meer. Braun war die Erde des Weges zwischen den Weizenfeldern.

Der Weg endete im Nichts. Vereinzelte Grünflächen waren am Rande. Unter dem Wind bogen sich die Halme in hellgelb zum Kontrast des Himmels. Dunkle Wolken über allem.

Da hatte Vincent seine zerrissene Seele gemalt. Ich konnte alles nachempfinden. Immer wieder krächzten über mir die Raben. Zum einen fühlten sie sich durch mich gestört, zum anderen aus Futterneid. Zurück ging ich an der Kirche vorbei. Zwei Gendarmen kamen mir entgegen. Die Handschellen klickten.

Sie warfen mich in die Zelle. Ich wurde in Untersuchungshaft genommen. Ich hätte Paris nicht verlassen dürfen, hatte mich somit verdächtig gemacht. Beweise meiner Unschuld konnte ich nicht vorbringen. In der Zelle stank es aus allen Wänden. Entkleidet hatten sie mich auch, steckten mich in einen Sträflingsanzug. Die Handschellen hatten sie mir abgenommen. Das eine kleine Fenster war vergittert. Fortwährend fühlte ich mich wie in der Abenddämmerung, Tageslicht null. Schwarzer Betonfußboden. Eine Zementerhöhung stellte das Bett dar. Darauf eine einzige Decke. Ich ahnte schon: Hart wirst du schlafen, wenn überhaupt.

Ein Spion in der Eisentür. Da konnten sie mich immer beobachten. Aus der Decke könnte ich mir keine Streifen schneiden um mich zu erhängen oder mich durch das Fenster mit den zusammen geknoteten Streifen an der Gefängniswand herunterzulassen. Die Eisenstäbe waren einfach zu massiv und hierzu fehlte mir darüber hinaus auch das Werkzeug. In der einen Ecke ein Abort. Ohne Vorhang. Da konnten sie mich bei meiner Notdurft beobachten.

Essen und Getränke wurden gebracht. Was es auch immer war: Ich konnte es nicht definieren. Für den ersten Hunger und Durst reichte es aber. Das hier war alles nicht nach meinem Geschmack. Hier wollte ich raus. Am nächsten Tag wurde ich zum Verhör gebeten. Was heißt hier gebeten?
Die Handschellen wurden mir wieder angelegt. Zwei Wärter schubsten mich zum Oberverhörer Brambeau. Der empfing mich ungeahnt freundlich. "Na, mein lieber James, wie geht es Ihnen?" Auch freundlich entgegnete ich: "Beschissen". "Haben Sie wohl nicht erwartet, dass wir so schnell zur Stelle sind, unsere Spürhunde sind gut geschult". "Allerdings", bemerkte ich. "Was wollten sie in Auvers-sur-Oise?" grunzte er. "Mir das Grab von van Gogh ansehen" grunzte ich zurück. War es jetzt ein Schreianfall oder ein Lachanfall? Brambeau donnerte zurück: "Sie Lügner, Märchenerzäler, Träumer, unter der Guillotine wird Ihnen, mein lieber James, das Lachen schon noch vergehen. Ich selbst werde das Messer schärfen". Gleichsam donnerte ich zurück: " Ich möchte gerne das Apartment von Eva-Fee sehen, ich kann vielleicht Hinweise geben".

Mit aufgerissenen Augen starrte mich der Oberverhörer an, der da saß in seinem roten Sessel und dem verknautschten schwarzen Ledermantel, als ob er gerade aus dem Schlaf von seiner Pritsche gesprungen wäre. Erst nach Sekunden, nachdem er tief Luft geholt hatte, knurrte er: " Können wir machen, wir gehen sofort los". Was mich verwunderte: Für diesen Gang bekam ich meine Kleidung und meine geliebte Rolex wieder zurück. Brambeau schielte immer darauf.

Da war er wieder. Der Duft von Flieder, Jasmin und Oleander. Aber auch der Geruch des Todes. Eva-Fee war nicht mehr da, sie war im Himmel. In der Mitte des Raumes ein Bett. Ein Himmelbett mit dunkelblauem Baldachin. Der Betthimmel von innen bemalt mit elf Sternen... unorthodox im Abstand untereinander aufgemalt, grosse und kleine Sterne. Vincent hatte auf sein Bild "Sternennacht" auch elf Sterne gemalt. Ob Eva-Fee wohl dieses Bild gekannt hatte? Eines haben aber beide gemeinsam: Genies müssen früher sterben. Malergenie - Tanzgenie. Wie ich später erfuhr, wurde Eva-Fee am 11.11.1911 in Prag geboren. Am Kopfende des Bettes lag der braune Basthut. Die Blumen waren verwelkt. Neben dem Bett ein Louis XVI Stuhl mit grüner Polsterung. An einer Seitenwand eine braune Kommode mit weißer Marmorplatte. An der anderen Seitenwand ein Dreisitzer-Sofa mit grünem Bezug. Davor ein großer, runder Tisch mit Glasplatte, drumherum vier Stühle Louis-Seize grün bezogen.

Fragend schaute mich Brambeau an: "So, mein lieber James, nun zeigen Sie mal, wie sie es gemacht haben, wir wollen nachstellen". Seine grossen Kulleraugen wurden ganz schmal.

Betroffen sank ich auf dem Stuhl neben dem Bett nieder. Wie konnte dieser Idiot, dieser Halunke so etwas von mir verlangen! Schroff, mit fester Stimme machte ich kurzen Prozess: "Ich habe nichts gemacht, kann nichts nachstellen, sagen Sie erst einmal, welche Spuren Sie hier gefunden haben. Wie in der Zeitung zu lesen war wurde etwas entdeckt, aus ermittlungstechnischen-Gründen aber nicht preisgegeben." Brambeau und sein Assistent setzten sich an den Tisch mit der Glasplatte.

Jetzt polterte der Oberermittler los: "Etwas kann ich erzählen, aber nicht alles, vielleicht gestehen Sie ja jetzt, dass sie Hand angelegt haben. Auf diesem Tisch hier standen drei Gläser, zwei davon mit Lippenstift am Rand. Drei Magnum-Flaschen Champagner Dom Perignon bester Sorte daneben. Alle leergetrunken. In einem Glas fanden wir Spuren eines Betäubungsmittels von noch nicht festgestellter Konsistenz. Eva-Fee hat daraus getrunken. Eva-Fee lag tot auf dem Bett, bekleidet, wie schlafend mit geschlossenen Augen, das Gesicht zu den Sternen des dunkelblauen Betthimmels gerichtet. Um ihren Hals gewunden ihr eigener weißer, fast durchsichtiger Seidenschal. Vor dem Bett auf dem Dielenfußboden eine blutige Nagelschere. Auf der Bettdecke Blut. Das Blut war aber nicht von Eva-Fee. Es hat einen Kampf gegeben. Mehr erzähle ich jetzt nicht". Es schauderte mich. Dabei dachte ich an den Seidenschal, der sich vom kleinen Windzug auf die Schulter des Pfarrers gelegt hatte, so als ob Evafee Schutz suchen würde. Im Café Montmartre No.1. In mir zusammengesunken saß ich da. Irgendwie drückte da etwas. Ich stand auf und befühlte die Polsterung des Stuhles. Da war eine leichte Erhöhung.

Kriminalhauptkommissar Brambeau sah das. Da erwachte in ihm der Spürhund. Er rauschte heran und schlitzte mit seinem Taschenmesser die Polsterung behende auf. Zum Vorschein kam ein brauner Umschlag mit Rohdiamanten. Wie Schuppen fiel es mir von den Augen. Den hatte ich ja schon einmal gesehen. Der Mafia-Pate schob ihn in Evafees Ärmel, sie musste nachschieben, der Oberkellner ließ den Umschlag wie ein Zauberkünstler in seiner Hosentasche verschwinden. Im Café Montmartre No 1.

Die Sache im Apartment war gelaufen. Es flimmerte mir vor Augen. Eva-Fee würde jetzt von oben herabsehen. Brambeau und sein Assistent führten mich wieder zurück. Im Büro-Schlafraum des Chefs überreichte mir der Herr Kommissar einen Brief. " Den haben wir in Evafees Kommode gefunden, war noch nicht abgeschickt". Ich las: Meine geliebten Eltern, ich fühle mich hier nicht mehr wohl, muss Sachen machen, die mir nicht gefallen. Leide schwer. Habe James kennengelernt. Wir machten einen wunderschönen Spaziergang entlang der Seine. James ist ein gescheiter angenehmer Mensch, ich würde gerne mit ihm gehen, wohin er auch will. Sende euch bald wieder ein kleines Päckchen, damit es euch besser gehen möge.
Ich liebe euch.

Verdutzt ließ ich den Brief auf Brambeaus geschundenen Schreibtisch fallen. Das Flimmern vor meinen Augen nahm zu. Sie wäre also mit mir gegangen und ich kam zu spät. Jetzt war sie tot. Ich verstand ihre sehnsüchtigen Blicke in die Ferne, wenn die Sonne am Horizont in einem Roten Feuerball unterging.

Jetzt sprach Brambeau in leierndem Tonfall: "Den Mafia-Boss haben wir schon vor einer Woche eingekerkert. Sitzt unten im Loch. Den hatten wir schon seit längerer Zeit auf unserer Liste. Er hat ein Netz von Kurieren aufgebaut. Aus den Diamantenminen Südafrikas, unter anderem Kimberley, haben seine Jungs Rohdiamanten bis nach Marokko, Spanien und Frankreich geschmuggelt.

Die Geschäftsführer der Minen wurden bestochen. Korruption überall. Keine Kaufverträge, alles unter der Hand, schwarz, kein Zoll, keine Steuern. Eine Anlaufstation war das Café Montmartre No.1. Eva - Fee wurde vom Paten in schamloser Weise als Lockvogel benutzt, stellte eine Verbindung her bis in die höchste Pariser Gesellschaft. Politiker, Adelige, Geschäftsleute. Alle mit viel Schotter. Unter der Hand wechselten die dicken Klumpen von Rohdiamanten die Besitzer, Blutdiamanten. Auch vermuten wir, dass Eva-Fee Liebe geben musste. Ein Teil der Diamanten wurde an die Börse in Antwerpen verbracht. Auch die vielen Händler dort spuckten sich in die Hände. Wenn ein Handel abgeschlossen war sagte man: "Mazal U'bracha - Glück und Segen", ein jüdisches Sprichwort. Unsere Spürhunde konnten einiges aufdecken und wir haben Beweise. Der Mafia-Boss wird aus dem Loch so schnell nicht 'rauskommen. Er hat ausgesagt, dass Sie, mein lieber James sich unflätig und bedrohlich gegenüber Eva-Fee im Louvre verhalten haben". Mir klappte die Kinnlade herunter. Dieser Hund einer räudigen Hündin. Dieser Hurensohn der Hölle. Mir reichte es jetzt. Das Flimmern vor meinen Augen war plötzlich weg. Ich trat mit beiden Füßen gegen den Schreibtisch, es machte nichts, der würde sowieso bald zusammenbrechen.

Ich hatte also richtig gesehen, der Mafia-Boss hatte uns im Louvre verfolgt. Der hatte Angst, ich würde ihm seine schöne Vermittlerin streitig machen. Angst um seine Diamanten. Mitleidig sah mich Brambeau an, schritt zu seiner Pritsche und gab mir eine Wolldecke. "Damit Sie heute Nacht etwas weicher schlafen können", brummelte er. Abgeführt wurde ich wieder nach unten in die Zelle.

Langsam dämmerte es mir: Der Kommissar war ein schlauer intelligenter Hund. Er hatte was von "Bauchgefühl " und ahnte wohl, dass er über mich vielleicht den Mörder finden könnte. Und ein gutes Herz hatte er auch. Das Essen, was man mir zum Abend brachte war gut. Brathähnchen mit Pommes-Frites und Gemüse. Das hatte er wohl für mich beim nächsten Restaurant bestellt. Eine kleine Flasche Whisky dazu. Das war ja richtig nett von ihm. Eine ausreichende Mahlzeit konnte ich bei diesem Stress gut gebrauchen.

"Musste Liebe geben." Damit kam ich überhaupt nicht zurecht. Hatte Brambeau das nur so eingeflochten? Wollte er mich damit herausfordern? Dieser schlaue Fuchs!
Natürlich, bei der Schönheit von Evafee konnte jeder Mann schwach werden. Da rutschte der Verstand etwas tiefer. Die Damen vom Rotlicht-Milieu, mit den angeklebten Augenwimpern und den blau umränderten Augenlidern. Da wirkten sie nicht mehr so nackt! Henri de Toulouse-Lautrec mochte das. Ob er mit den Damen Liebe machte, ist nicht überliefert. Und ehrlich gestanden, auch ich hatte ein kleines Faible dafür, als ich noch jünger war. Edelhuren können sehr reizvoll sein. War Evafee eine Edelnutte?

Ganz bestimmt nicht, sie wurde gezwungen! Der Mörder wollte nur die Diamanten. Eifersucht auf die "Liebe" könnte auch ein Motiv sein. Ein Mann, der Evafee nur für sich allein haben wollte.

Meine Überlegung war jetzt folgende: Bei unserem Spaziergang an der Seine sagte Eva Fee zu mir: "Habe auch noch andere Einkünfte". Nach diesen fragte ich nicht. Jetzt, in den letzten Stunden, wusste ich schon mehr.

Evafee hatte immer einmal ein paar Diamanten abgezweigt, in ihrem Apartment versteckt. Diese schickte sie zu ihren Eltern nach Prag, damit es ihnen besser ginge. Der Mörder hat danach in ihrem Apartment gesucht aber nichts gefunden. Drei Gläser standen auf dem Tisch. Zwei davon mit Lippenstift am Rand. Aus dem einen mit Lippenstift hatte nachweislich Eva-Fee getrunken, das Glas mit dem Betäubungsmittel. War das andere Glas mit Lippenstift von einer Frau? Hatte aus dem dritten Glas ein Mann getrunken?

Alles war wie bei Nikolaus Kopernikus. So tief und dunkel wie der Kopernikus-Mondkrater, so rätselhaft wie der Kopernikus-Doppelstern. Die Unendlichkeit des Raumes, des Universums. Eva-Fees Seele war schon dort. Meine Trauer war ohne Tränen, aber meine Seele weinte. Der Mörder musste unter das Schafott. Nein, das ginge viel zu schnell. Der müßte auf dem Scheiterhaufen verbrennen, aber nur ganz langsam. Und seine Seele müsste gleich mit verbrennen. Hatten mit dem Mord an Eva-Fee auch die "Lange" Agnetha, mit ihrem "Kleinen", der den Stetson auf den Tisch warf, zu tun?

Die beiden waren ja auf der Beerdigung, sie waren höchstwahrscheinlich auch Kunden für die Diamanten. Aber Brambeau, dieser schlaue Fuchs würde schon alles richten. Ich in meiner Zelle wusste nicht weiter. Habe aber etwas besser schlafen können wegen der zweiten Wolldecke und des Brathähnchens.

Die blutige Nagelschere lag vor dem Bett auf dem Dielenfußboden. Auf der Bettdecke Blut. Nicht von Eva-Fee. Das wurde festgestellt. Einige Fingerabdrücke konnten sichtbar gemacht werden, wie Brambeau sagte. Sie waren aber zu undeutlich, nicht zu gebrauchen.

Drei leere Magnumflaschen Champagner Dom Perignon auf dem Tisch. Es wurde gefeiert. Die Unterhaltung muss dann eskaliert sein. Es muss gewaltigen Streit unter den Kontrahenten gegeben haben. Es kam zum Kampf und Eva-Fee war von dem starken Betäubungsmittel geschwächt und nicht mehr richtig ansprechbar. Der Besucher, der das Mittel in Eva-Fees Glas gegeben hatte, tat das vorsätzlich. Was wollte er damit erreichen? Die Wohnung in Ruhe durchsuchen zu können, oder von Anfang an zu töten? Evafee trug in dieser Nacht ihren weißen, fast durchsichtigen Seidenschal. Der Herr Oberermittler, Monsieur Jean-Jules Brambeau, sprach noch von Beweisstücken die gefunden wurden, die er aber noch nicht preisgeben wollte. Eine Taktik vom schlauen Ermittler, der schon viele Morde aufgedeckt, viele Hunde gejagt hatte. Manchmal schien er ruhig und besonnen, dann wieder ging sein Temperament mit ihm durch. Er brüllte dann.

Ein System nach Zuckerbrot und Peitsche. Dieses hatte er bei mir auch angewandt. Kleine Whisky-Flasche zum Brathähnchen! Ich konnte so viel überlegen, wie ich wollte, für mich fehlten einfach die von Brambeau nicht genannten Beweise. Der Killer hatte die Wohnung überhastet verlassen, wurde vielleicht durch einen anderen Besucher überrascht, hatte keine Zeit mehr, Spuren zu entfernen.

Morgens, in aller Herrgottsfrühe, wurde ich durch zwei Wachleute zum Interview bei Monsieur Brambeau geschubst. Er sprach nur kurz zu mir: "Heute gehen wir zusammen entlang der Seine, den Weg, den Sie mit Evafee gegangen sind.

Danach zum Louvre. Anschliessend fahren wir mit der Bahn nach Auvers-sur-Oise. Sie können mir bestimmt viel erzählen. Wir haben in London Nachfrage gehalten. Sie haben mich belogen, mein lieber James. Sie sind kein normaler Bankangestellter. Man nennt sie dort "James der Zocker". Da sind sie eine Berühmtheit. Wir haben ihrer Bank mitgeteilt, dass sie unter Mordverdacht stehen, sie bei uns in Untersuchungshaft verweilen. Der Vorstand ihrer Bank hat gestöhnt und geweint: "Tun sie ihm bitte nichts an, foltern sie ihn bitte nicht, er wird bei uns noch dringend gebraucht" Dann fügte er hinzu: "Kenne ich wohl, diese geldgeilen Heinis sind alle Verbrecher". Dabei schielte er unmißverständlich auf meine Rolex, die wollte er wohl haben, sie würde sehr gut zu seinem verknautschten schwarzen und verbeulten, abgewetzten Ledermantel passen. Ich könnte den Monsieur damit bestechen. Vielleicht war er dann gewillt, mir noch Weiteres zu erzählen.

Entlang der Seine schritt Oberkommissar Brambeau ziemlich wortkarg neben mir. Er beobachtete mich aus seinen Augenwinkeln. Er hoffte wohl, dass ich mich verdächtig machen würde, er einen Beweis finden könnte, mich als Täter zu entlarven. Er ließ mich neben ihm laufen ohne Handschellen, mit meiner Kleidung und meiner Uhr. Das war das Zuckerbrot aber die Peitsche würde noch kommen, dachte ich.

"Schön hier an der Seine, an diesem herrlichen Tag, fühle mich wie in Freiheit, die fahrenden Schiffe und der leise Wellengang, das Sonnenlicht", sagte ich zum Meister. " Kenne ich schon alles, interessiert mich nicht, habe etwas anderes im Kopf" war brummbärig seine Antwort.

Dann lief er schnurstracks an das Ufer und schrie - Gott sei Dank waren keine anderen Menschen in der Nähe: "Hier, an dieser Stelle haben wir im letzten Jahr eine Leiche herausgefischt. Ist mit durchschnittener Kehle hier angeschwemmt worden. War eine Tänzerin aus dem Moulin Rouge. Den Mörder habe ich mir geschnappt. Ging schnell. War ein Eifersuchtsdrama. Ist im La Santé unters Fallbeil gekommen. Wird dir auch passieren, mein lieber James".

Mit offenem Mund stand ich da und brüllte zurück: "Du Idiot, das werden wir ja noch sehen!" Jetzt war Brambeau beleidigt, würdigte mich keines Blickes und ging weiter. Da hatte ich wieder einen großen Schluck aus der Pulle des Selbstvertauens genommen, aber es hatte funktioniert.

An der Bank angekommen öffnete Brambeau seinen zerknautschten Ledermantel und ich sah dabei seine Pistole am Gürtel. Damit wollte er mich wohl beeindrucken, dieser listige Hund. Nachdem ich mich auch auf der Bank niedergelassen hatte meinte er grinsend: " Wie ist das denn hier mit Evafee abgelaufen?" Grinsend, fast kameradschaftlich fing ich an zu erzählen: "Wir hörten dem Gezwitscher der Vögel oben im Baum zu, sahen über die Seine, erfreuten uns der vielen Schiffe, die in die Ferne fahren, gerade wie jetzt.

Evafee war von einer großen Sinnlichkeit erfaßt. Da waren unsere Seelen verbunden. Ist so etwas wie Seelenverwandtschaft. Das war für sie und für mich ein angenehmes Erleben. Eva-Fee hätte nichts Schlechtes machen können, ihre Seele war rein. Die Diamanten hat sie nur abgezweigt, um ihren Eltern in Prag zu helfen. Ihr ganzes Leben war nur für ihren Tanz. Er war ihr ganzes Leben. Ich habe sie bewundert.

Bin immer noch in einem tiefen Tal aus Tränen und Verzweiflung". Brambeau drehte durch:" Du als großer Zocker an der Börse für die Banken bist doch eiskalt, dass du so ein Gefühlsmensch bist, glaube ich nicht." Dann sprang er auf und rannte immer hin und her. Dabei wäre er fast hingefallen mit seinen dicken Stiefeln. An seinen Schläfen konnte ich die herausspringenden Adern sehen.

"Der Weise ist nicht gelehrt, der Gelehrte ist nicht weise" hat Laotse einst geschrieben. Im Volksmund wird gesagt: "Weise wird man erst im Alter". Der Hauptkommissar war wohl so um die fünzig Jahre. Ich zählte gerade einmal deren dreißig. Von Weisheit keine Spur.

Jetzt fing der große Meister, Kommissar Brambeau auf einmal an, mich zu duzen. Ich duzte zurück. Er wollte wohl näher an mich herankommen und versuchte es auf diese Weise. Er hatte keinen Respekt vor den Zockern, seiner Meinung nach alles Betrüger und Halunken. Aber er selbst schielte dauernd auf meine Rolex.

Beim Herumspringen hätte sich Brambeau fast den Knöchel verstaucht, er zog ein Bein nach sich. " Hier komme ich nicht wieder her, ist ja ein verdammter Ort hier, mit diesen komischen Gefühlsmenschen und der Seelenverbundenheit. Das verstehe ich alles nicht. Du bist mir vielleicht ein Komiker", weinte er herum.

Seine Besichtigung an diesem Ort brach er ab, sie hatte ihm offensichtlich nichts gebracht und wir gingen zum Louvre.

Da gab es dann die nächste Vorstellung: Brambeau wollte es so, dass ich mit ihm denselben Weg gehen sollte wie mit Evafee. Wir blieben vor der Mona Lisa stehen. Lange schaute Brambeau auf das Bild. Er ging nach rechts, er ging nach links, blieb mittig davor stehen und schüttelte ungläubig seinen Kopf. Ich glaubte, seine schwarzen Kopfhaare stiegen etwas in die Höhe, so, als ob er eine Gänsehaut bekommen würde. Eine Gänsehaut nicht vor lauter Glück, sondern vor Angst. Er lamentierte: "Wohin ich auch gehe, sie glotzt mich immer an, verfolgt mich und außerdem schielt sie. Dauernd verändert die Dame ihre Haltung und ihren Gesichtsausdruck. Da stehen einem ja die Haare zu Berge, wie im Panoptikum. Ich kann nicht mehr hinsehen. Von Leonardo hätte ich mehr erwartet, gehen wir weiter".

In seiner Abneigung ist ihm wohl da Vinci entfallen. Ein Lachen konnte ich mir nicht verkneifen. Umstehende Besucher schüttelten mit dem Kopf und lachten mit.

Während wir weiter durch den Louvre schlenderten, brach es noch einmal aus Brambeau heraus: "Ich will hier weg, hier stinkt es so modrig nach Altertum. Ich halte das nicht mehr aus. Der Mafia-Mann hat dich hier gesehen, als du mit Evafee getätschelt, dich unflätig benommen hast. Der sitzt in seiner Zelle und rennt dauernd mit dem Kopf gegen die Wand. Dreimal mussten wir ihn schon fixieren, die Gurte fest anziehen. Er sieht schon ganz verbeult aus, klopft sich seinen restlichen Verstand, den er noch hat aus dem Gehirn, aber wir brauchen ihn ja noch. Er schreit immer: "Bin unschuldig, bin unschuldig, ihr Wichser, ihr verfluchten Verbrecher, lasst mich hier raus, ich muss doch meine Geschäfte machen.

Befehl von oberster Stelle, die kommen bald hierher, zertrümmern alles, holen mich hier raus. Brambeau werden wir als ersten killen". Ich bemerkte wohl, dass der Brambeau bei dieser Erzählung etwas blass um die Nase wurde. Er sagte dann aber: "Das haben schon viele versucht, die vielen die ich in den Kerker gebracht habe. Hat noch keiner geschafft. Alle dürsten sie nach Rache, wenn sie wieder heraus kommen. Aber die meisten meiner Klienten haben lebenslang bekommen, oder endeten auf dem Schafott, wie Marie Antoinette". Mein Gott noch einmal, das wusste er. Naja, bei seinem Beruf war das Pflicht. Jetzt war der Moment gekommen und ich fragte ihn:"Mein lieber Brambeau, ist der Mafia-Mann der Mörder"?

"Der hat von uns einen lila-Sträflingsanzug bekommen. Lila - Violett ist die Farbe der Einkehr und der Buße. Macht er jetzt, rennt dauernd mit seinem Schädel gegen die Wand seiner Zelle. Halleluja. Ob er der Mörder ist, weiß ich noch nicht, mitschuldig ist er auf jeden Fall" beantwortete er meine Frage. Das war typisch für den Kommissar. Er war eben ein Intelligenzbolzen. Mit Seelenverwandtschaft und Malerei konnte er nichts anfangen, das war ihm zu schwierig. Aber wenn er mir nur alles vorgespielt hatte, dann war er ein kleiner Sadist.

Der Gang war jetzt beendet. Um das gestellte Tagespensum zu erfüllen, machten wir uns auf den Weg mit dem Zug nach Auvers-sur-Oise. Während der Fahrt, der Zug rumpelte, saß Brambeau mir gegenüber. Immerfort stierte er mich an, als ob ich das "Achte Weltwunder" wäre. Das war mir peinlich.

Ich forderte ihn auf, er möge doch bitte aus dem Fenster sehen, möge bitte die vorbei fliegenden bunten Felder, die Büsche und Bäume, die einsamen Dörfer und die Häuser mit den roten Dächern betrachten. Das würde frische und freie Gedanken geben, ihm Mut machen. "Ja, mache ich, aber hinter deine Geheimnisse werde ich doch noch kommen", versicherte er. Jetzt war er ganz lieb, schaute immer wieder zwischendurch auf meine Rolex. Das nahm ich zur Kenntnis, fragte den Meister: " Willst du die Uhr haben? Ich gebe sie nur her, wenn du mir sagst, was im Apartment von Evafee noch gefunden wurde." "Bestechen lasse ich mich nicht, du Wundertier, der Fall ist noch nicht abgeschlossen, behalte deine Uhr."

"Wenn wir in Auvers ankommen habe ich erst einmal Hunger". War mir recht so, auch mein Magen knurrte. Laufend bot er mir von seinen Zigaretten an. Das Abteil war schon ganz verqualmt. Fortwährend musste ich immer wieder an Eva-Fee denken. Nie wieder würde ich in ihre schönen Augen sehen können.

Die Auberge Ravoux hatte noch immer geschlossen. Zu gerne hätte ich Brambeau die Dachstube von Vincent gezeigt. Diese sollte ja in den damaligen Zustand wieder hergerichtet werden. Etwas weiter die Straße hinauf fanden wir ein kleines Landgasthaus, urgemütlich. Brambeau lud mich ein, "Geht alles auf Spesen" scherzte er. Die Wirtin kannte den Kommissar. Er war hier in der Gegend bekannt wie ein "bunter Hund". Brambeau bedauerte sehr, dass die Auberge Ravoux geschlossen hatte. Er wollte sich natürlich bei der Wirtin, die mit der guten Fischsuppe über mich erkundigen. Das ging nicht, da konnte er seine Spürnase nicht in Aktion treten lassen.

Ehrfürchtig brachte uns die Wirtin unseren Hauptgang: Gulasch mit Auberginen, dazu tranken wir jeder einen demi und zwei Gläser Whisky. Im Dienst würde er sonst nicht trinken, aber heute wollte er eine Ausnahme machen scherzte Brambeau wiederholt. Brambeau und mir hat es köstlich gemundet.

Plötzlich sprudelte es aus der Wirtin heraus: "Verehrter Herr Kommissar, bearbeiten sie den Mordfall Eva-Fee?" Brambeau hob den Kopf, zog eine seiner bekannten Grimassen und sagte höflich und bescheiden: "Ja, das ist richtig, ich bin hier mit meinem Begleiter aber nur auf der Durchreise". Ob dieser Auskunft ging die Wirtin enttäuscht wieder hinter den Tresen, um noch zwei Bier für uns zu zapfen. Das hatte der Kommissar aber geschickt gemacht. Jetzt sah es so aus, als wenn ich zu seinem Ermittlungs-Team gehören würde. Auf dem Weg zum Grab von Vincent brach ein Gewitter herein. Blitze zuckten grell über den Himmel. Es knallte bedenklich ohrenbetäubend neben uns. Der Hauptkommissar lachte nur und meinte: "van Gogh, dieser Revoluzzer". Aha, dachte ich, Monsieur Brambeau hat ja doch etwas Ahnung von Kunst. Am Grab angekommen, die Kirche im Dunst nur schemenhaft zu sehen waren die von mir hinaufgelegten Blumen vertrocknet. Brambeau sah das, eilte zu einem anderen Grab in der Nähe, nahm die dortige Vase mit den frischen Blumen herunter und stellte alles vor den Grabstein von Vincent. Zwei Blumen fingerte er heraus und legte sie nebenan auf Theos Grab. "Das ist aber Friedhofsfrevel " polterte ich. "Macht nichts, Vincent hat das verdient, nachher in den Kornfeldern pflücke ich blaue Korn- und rote Mohnblumen, ersetze alles, heute ist ein besonderer Tag", griente Jean-Jules Brambeau mir entgegen.

Ich war perplex. Dieser Kommissar schien doch Gefühle zu haben.

Die dunklen Wolken rasten in Fetzen und Kreisen dicht über die Felder. Die schwarzen Raben kreisten darüber. Die Ähren wogten wild im Winde wie aufschäumende Gischt. Brambeau schrie, inmitten stehend im Weizenfeld: "Diese Kreise im Himmel, wie Vincent van Gogh sie gemalt hat, diese kreisenden Raben, so umkreise ich die Mörder, bis sich der Kreis schließt, dann habe ich sie!" Verwundert nahm ich alles zur Kenntnis. Jean-Jules hatte seinen Beruf nicht verfehlt. Ich erinnerte ihn daran, nicht zu vergessen, noch blaue Kornblumen und Roten Mohn zu pflücken. Vollkommen durchnässt nahmen wir die Bahn zurück zum Polizeirevier im 18. Arrondissement am Montmartre.

Im Kommissariat gab mir Brambeau meinen Pass zurück mit den Worten: "Als Persona non grata bist du hier entlassen, wirst nicht mehr gebraucht" und lächelte verschmitzt dabei. Da konnte ich nur zu ihm sagen: "Schön, dass ich hier entlassen werde" Brambeau aber fuhr fort: "Wir haben den Pfarrer der Basilika Sacré Coeur tot in seinem Arbeitszimmer aufgefunden. Höchstwahrscheinlich Giftmord aus einem Gemisch von Arsen und Zyankali. Da tritt der Tod schnell ein, je nach Dosierung. Auf seinem Schreibtisch standen zwei leere Flaschen Champagner Dom Perignon, umreiht von drei Kristallgläsern. Das eine davon am Rand mit Lippenstift, das zweite davon mit diesen giftigen Rückständen aus dem Hochwürden getrunken hatte. Ich vermute, dass der Pfarrer vielleicht etwas gesehen haben könnte im Zusammenhang mit der Ermordung von Eva-Fee.

Daher musste er wohl verschwinden. Neben den Gläsern lag ein rosafarbener Zettel, wohl aus einem Schreibblock entnommen, da am oberen Rand noch Klebemasse war, darauf stand in Druckbuchstaben: Hochwürden soll zur Hölle fahren, der Allmächtige. Ich taxiere, dass der Mörder von Eva-Fee auch hier am Werk war. Der Pfarrer war ein guter Kunde von Evafee, Diamanten und vielleicht auch etwas "Liebe".

Das war jetzt für mich wieder wie ein Keulenschlag in meine Magengrube. Es erschütterte mich bis ins Mark. Der Kommissar war doch schon ein kleiner Sadist, mir alles so genau zu erzählen. Der liebe Pfarrer, der sprach: "Auge um Auge, Zahn um Zahn", als wollte er in seiner Rede Eva-Fee rächen. Jetzt war er tot, seine Seele im Himmel, er konnte als Zeuge nichts mehr ausrichten. Meinen Pass steckte ich ein, sagte zu Jean-Jules: "Ich werde Paris noch nicht verlassen. Ich werde dazu beitragen, den Mörder zu finden. Das bin ich Eva-Fee schuldig. Auf Wiedersehen, Herr Kommissar".

Eigentlich war ich schon etwas verblüfft und traurig, aus der Obhut des Kommissars entlassen worden zu sein. Neben diesem neuerlichen "Bombenanschlag", Giftmord am Pfarrer, hatten mir die letzten Tage und Stunden mit Brambeau doch einige Erkenntnisse gebracht. Nur helfen konnte ich nicht, wie denn auch? Tote können nicht mehr zum Leben erweckt werden. Mit diesen Gedanken in mir begab ich mich zu meiner Pension Camille. Die Haustüre stand offen, so dass ich meinen Schlüssel nicht brauchte. Aufgeregt eilte mir Camille entgegen, tönte: "Wo waren Sie denn die ganze Zeit, habe mir schon Sorgen gemacht, ist etwas passiert?"

"Nein, es ist nichts, musste nur schnell nach London, geschäftliche Dinge erledigen", antwortete ich.

Beiläufig fragte ich dann: "Wie haben Sie denn die Beerdigung von Eva-Fee verkraftet?" "Oh, mein Gott, meine beste Freundin ist von mir gegangen. Sehr, sehr schlimm. Es soll ja Mord gewesen sein. Diese schöne Frau soll aber auch viele Liebhaber gehabt haben. Ganz Paris spricht darüber". Bei diesen Worten von Camille bemerkte ich, dass ein Zittern durch ihren Körper lief. Tränen rannen über ihr fahles Gesicht, jegliches Blut schien entwichen. Ich fragte nur: "Wie lange hatten Sie Eva-Fee denn schon gekannt?" "Vor zwei Jahren habe ich sie im Café Montmartre No.1 kennengelernt. Seitdem bin ich fast in jeder Vorstellung mit ihr im Moulin Rouge gewesen. Dieser leichtfüßige Tanz von ihr, dieses Schweben hat mir am meisten imponiert. Ich würde das nicht können, auch schon allein durch meinen Unfall von vor Jahren. In einem Streit hatte mich meine damalige Lebensgefährtin, sie lebt nicht mehr, Gott habe sie gnädig, geschubst und ich fiel auf die Bordsteinkante. Seitdem kann ich nicht mehr richtig laufen". Voller Mitleid stammelte ich: "Welch ein Schicksal". "Ja, ja, alles hat mich hart getroffen, der liebe Gott meint es nicht gut mit mir", kam es über Camilles Lippen. "Sie kommen doch von einer langen Reise, haben bestimmt Hunger und ich mache ihnen ein schönes Steak mit gutem Wein" hörte ich dann von ihr.
"Angenommen , ich freue mich schon sehr, muss nur noch schnell auf mein Zimmer, die Kleidung wechseln", sagte ich zu ihr.

Der Pfarrer, Hochwürden Gabriel hatte sich nicht selbst vergiftet. Im Todeskampf griff er sich noch seinen Brieföffner vom Schreibtisch und stach auf den hinterhältigen Mörder ein. Zusammengebrochen, mit Schaum vor dem Mund wurde er sitzend hinter seinem Schreibtisch aufgefunden. Blutverschmiert konnte der Öffner unter dem Kleiderschrank von Hochwürden sichergestellt werden, wie der Kommissar mir noch schilderte. Das alles rüttelte gewaltig an meinem Seelenzustand. Zu sehr wurde ich in der letzten Zeit mit den Abgründen menschlichen Handelns konfrontiert : Habgier-Eifersucht-Mord. Wenn ich es überdachte war ich mit Eva-Fee nur einen einzigen schönen langen Tag zusammen gewesen, aber jetzt erschien es mir wie ein ganzes Leben.

Das Steak war gut, der Wein war gut, richtig schmecken wollte es mir aber nicht. Camille wurde schnell betrunken, fasste sich immer wieder auf die linke Brustseite. "Haben sie Herzschmerzen?", erörterte ich während der Unterhaltung. "Ja, sehr, ist alles nicht zu ertragen und außerdem laufen momentan auch meine Geschäfte schlecht. Sie sehen doch selbst, hier sind außer Ihnen keine Gäste in meiner Pension. Als meine Lebensgefährtin noch da war, lief alles anders. Immer ein volles Haus und jetzt bin ich am Ende". Den Mut, Camille zu trösten, brachte ich nicht auf. Irgendwie konnte ich das nicht und fragte mich hinterher warum das so war. Als Camille am Tisch einschlief, ging ich auf mein Zimmer. Hier war alles wie sonst. Meine Sachen allesamt vorhanden, nur schien mir der Inhalt meines Koffers etwas durcheinander gebracht. Das kannte ich nicht von mir.

In der Seitentasche meine Contax III, im Kleiderschrank mein Gehstock, meine Anzüge, alles war da. In diesem Moment fiel mir der leicht verstaubte Tisch auf, auch die Bettumrandung war hiervon betroffen.

Dann schlief ich mit dem Gedanken ein, dass der Mörder gefasst werden musste. Das war ich Evafee schuldig. Der musste wegen zweifachen Mordes unter die Guillotine, oder lebenslang nach Chateau d'If, da würde er so schnell nicht ausbrechen können. Das ging aber nicht, die Festung ist heutzutage unter Denkmalschutz. Dann bitte nach Alcatraz, aber auch das war unwahrscheinlich wäre dem französischen Staat zu weit. Also, unter die Guillotine mit ihm. Exécution pure. Der Kopf muss über die Bretterplanken rollen. War das denn jetzt christlich gedacht? Vergeben konnte ich nicht.

Wie konnte ich den gordischen Knoten lösen? Eckpfeiler um den Tod von Eva-Fee waren das Café Montmartre No.1, Moulin Rouge, die Basilika Sacré Coeur, die Trauerfeier für Eva-Fee und der Mafia-Boss. Zuerst würde ich das Grab von Evafee besuchen, um auf den niedergelegten Kränzen mit Schärpen Namen zu erfahren. Oftmals ist es so, dass Täter zum Begräbnis erscheinen oder auch wieder an den Tatort zurückkommen. Sie halten sich dann aber im Hintergrund, um nicht aufzufallen. Sie machen es aus Reue und manchmal auch mit einer kleinen Gabe, anonym. Zu glauben, den Täter am Grab vorzufinden, diese Illusion machte ich mir nicht.

Obwohl ich mir geschworen hatte, nie wieder das Cafe Montmartre No.1 zu besuchen, würde ich es doch noch einmal machen.

Zum Moulin Rouge könnte ich gehen, versuchen mit den Tänzerinnen und der Direktion zu sprechen. Kommissar Brambeau würde ich bitten, in seiner Gegenwart mit dem Mafia-Boss ein Interview zu führen. Der saß ja bei ihm in der Zelle.

Mit etwas wackeligen Beinen stand ich am Grab von Eva-Fee. In einem zusammengewürfelten Haufen lagen die Kränze, Gestecke und Blumen, mal eben so hingeworfen, da. Trauer umfasste mich. Die Kirche sagt: "Trauer ist ein wichtiger Baustein des Lebens". Momentan merkte ich nichts davon. Unter einem Baum hatte Evafee einen schönen Platz bekommen. Dort war es schattig, mit ausladenden Zweigen überspannten die Äste schützend das Grab. Auf einem unteren Zweig saß ein Star. Sein Gefieder schillerte blaugrün in der Sonne. Die Balzzeit war schon vorbei, gesungen hatte er nicht viel. Einige Kränze und Gestecke waren mit Schärpen versehen, durch Sand und Lehm aber nicht mehr lesbar. Auf einer Schärpe entdeckte ich ein von .... Das könnte der vornehme Herr vom Café Montmartre gewesen sein. Der mit dem blauen Blut. Während meines stillen Gedenkens erfasste mich Wehmut und Erleichterung zugleich. Es war gut so, dass ich hierhergekommen war.

Das Café Montmartre No.1 war wie immer voll besetzt. Die Kaffehaus-Musik dröhnte. Meine Gefühlslage war nicht besonders positiv. Vielleicht auch deshalb kam mir alles zu laut vor, nervte mich. Mit Mühe fand ich einen Platz an einem hinteren Tisch.

Die Sicht über die Gäste war nicht so gut, allerdings brauchte ich das auch nicht, saß hier für mich allein, konnte darüber nachdenken, wie widerwärtig mit dieses Café geworden war.

Mein Oberkellner, mein Freund, der nicht mehr mein Freund war, hatte wohl heute seinen freien Tag. Er war nicht zu sehen. Aber verdammt: An Evafees Tisch, dem kleinen runden mit der Tischdecke, waren jetzt drei Stühle aufgebaut. Auf einem dieser Stühle saß Kommissar Brambeau, auf den zwei anderen die Dämchen vom Moulin Rouge, die neben mir bei der Vorstellung Schwanensee gesessen hatten. Sie waren ja auch auf der Beerdigung von Evafee und stanken wohl immer noch nach diesem ekelhaften Parfüm. Sollte es jetzt zwei Neue Lockvögel für Diamanten und Liebe geben? Der Mafia-Boss wird das persönlich nicht eingeleitet haben können, der saß ja bei Brambeau in der Zelle. Seine Gefolgsmänner werden das arrangiert haben. Die wollten ihren Boss befreien, alles zusammenschlagen. Diese zwei "Dämchen " waren aber ein schlechter Ersatz für Evafee. Die würden auch gegenüber allen anderen stinken, nicht nur mir. Mir drehte sich der Magen um. Aber Brambeau, dieser Spürhund mit der feinen Nase, nutzte jede Möglichkeit, dem feigen Mörder habhaft zu werden. Gott sei Dank hatten die drei mich nicht gesehen. Das sollte auch so bleiben. Im ersten Moment war ich bestrebt, an diesen Tisch heranzutreten, aber ein inneres Gefühl sagte mir, lass es. Schade, meine Kameras hatte ich nicht dabei, ich hätte gerne Fotos geschossen.

Jetzt war der Augenblick gekommen: Immer wieder hatte es mich gedrängt, dem Kommissar Jean-Jules Brambeau meine Fotos zu zeigen, die ich hier von Eva-Fee und ihren Besuchern gemacht hatte.

Immer wieder zauderte ich, es zu tun, aus Angst, es könnte belastend für mich sein. Mein Entschluß stand jetzt fest: Morgen würde ich dem Kommissar die Fotos zeigen. Die waren aber noch nicht entwickelt. Für das Kommissariat wäre das vemutlich kein Problem gewesen. Bestellt hatte ich im Café nichts. Die Bedienung bemerkte mich nicht und das war auch gut so. Der Montmartre-Cocktail No.1 hätte mir bestimmt nicht geschmeckt. Ich ging und suchte mir zum Essen ein anderes Restaurant. Dunkel war es geworden. An exponierter Stelle sah ich hinauf zu den Sternen, sah über das Lichtermeer von Paris. Wie von einer Stimme klang es: Mach es, zeige dem Kommissar die Fotos. Ich glaubte, die Stimme von Eva-Fee selbst zu vernehmen. Von dieser besonderen Frau.

Ziemlich aufgeregt und verschwitzt kam ich am darauffolgenden Morgen im Kommissariat an. Dort kannte man mich ja und ich wurde hineingelassen. Brambeaus Assistent empfing mich. "Welches Begehren führt sie zu uns?" "Ich möchte gerne den Herrn Hauptkommissar Jean-Jules Brambeau sprechen", sagte ich mit fester Stimme. "Der ist nicht da, liegt im Krankenhaus, der Magen muss ihm ausgepumpt werden. Er hat wohl etwas gegessen, was ihm nicht bekommen ist. Es geht ihm schlecht. Die Gefolgsmänner vom Mafia-Boss sind hier gewesen, wollten ihren Häuptling befreien, wollten unseren Chef mit viel Geld und Diamanten bestechen.

Aber unser Chef ist standhaft geblieben. Es ist zum Handgemenge gekommen. Wir haben zwei von ihnen festgenommen, die sitzen auch unten in der Zelle". Oh là là, der robuste Brambeau lag im Krankenhaus wegen einer Magenverstimmung, er hatte vielleicht im Handgemenge auch etwas abbekommen.

Brambeau, der in den letzten Jahren nicht einen einzigen Tag gefehlt hatte, immer seinen Dienst gewissenhaft versah und in seinem Büro auf Abruf schlief war momentan außer Gefecht gesetzt. Das alles konnte ich mir nicht vorstellen. Es musste etwas Außergewöhnliches passiert sein. Hatten ihm etwa die zwei stinkenden "Dämchen " vom Montmartre No.1 etwa etwas in den Kaffee getan? fragte ich mich.

Schnell reagierte ich und entgegnete dem Assistenten: "Ich will den Kommissar gern besuchen, wo liegt er denn?" "Das darf ich Ihnen nicht sagen, Befehl vom Chef, nur seine Frau darf zu ihm". Jetzt war ich maßlos enttäuscht. Die mitgebrachten Fotos wollte ich dem Assistenten nicht übergeben. Hauptkommissar Brambeau sollte diese von mir persönlich in die Hand bekommen. Es war alles so verzwickt. Der findige Kommissar fiel erst einmal aus. Ich hätte ihn gerne besucht, ihm Mut zugesprochen, damit er schnell wieder auf die Beine kommt. Hoffentlich würde es mit seiner Genesung nicht zu lange dauern und der Mörder wäre längst verschwunden. Unverrichteter Dinge verließ ich das Kommissariat. Tage vergingen, es muss wohl über eine Woche gewesen sein, da ging ich wieder zum Kommissariat im 18. Arrondissement und hoffte, dass Brambeau wieder in alter Frische da ist.

Immer wieder zermarterte ich mir den Kopf, wer Eva-Fee und den Pfarrer umgebracht hatte. Es gab da gewisse Zusammenhänge, aber einen Dreh konnte ich nicht hineinbringen.

Brambeau saß hinter seinem angeschlagenen Schreibtisch auf seinem roten verblichenen Chefsessel. Er selbst hatte sich wohl etwas erholt, sah mir mit rosiger Gesichtsfarbe entgegen, lächelte sanft und rief fröhlich:

"Hallo, mein lieber James, kommst mich tatsächlich besuchen, ich freue mich sehr, bin wieder der Alte und voller Tatendrang". Ich sah mich um, bemerkte dabei, dass seine Schlafcouch frisch gemacht war, die Wolldecken darauf sorgsam zusammengelegt. Auch der gesamte Raum war heller als sonst, die Scheiben der Fenster glasklar. Hier mussten ja gewaltige Veränderungen stattgefunden haben. Aber augenscheinlich wollte sich der Chef nicht von seinem ihm liebgewordenen Schreibtisch und seinem Sessel trennen. Sein Ledermantel, der jetzt freundlicher aussah, war bestimmt in der Reinigung gewesen und hing akkurat auf einem Bügel an der Wand neben seinem "Schlafgemach".

Das alles hatte wohl eine Frau arrangiert. Hier wehte jetzt ein anderer Wind. Frauen haben ja auch positive Hintergedanken: Ihr Mann sollte sich in seinem Umfeld wohler fühlen, damit er, so dachte sie, die Verbrecher schneller zur Strecke bringen möge. Auch selbst er, der Kommissar, hatte sich verändert. Im Krankenhaus konnte er sich nicht mit seinem Ledermantel ins Bett legen und die Ärzte hätten ihn gut versorgt. Jetzt wäre er wieder fit. Staunend hörte und sah ich mir alles an.

"Hoffentlich kommst du nicht zu spät zu einem Einsatz, wenn du erst deinen Mantel noch anziehen musst" war meine Reaktion. Stotternd begann ich ihm dann zu sagen, dass ich etwas Schönes mitgebracht hätte und vielleicht könnte es helfen, einige Dinge aufzuklären. Ich hätte diese Fotos im Café Montmartre No.1 gemacht, um später meinen Freunden in London von meiner Reise erzählen zu können. Mit zittriger Hand entnahm ich den Film aus meiner Contax III und meinem Gehstock.

"Sie müssen noch entwickelt werden" fügte ich mit etwas gebrochener Stimme hinzu. Brambeau konnte sich nicht mehr einkriegen. "Wir legen sofort los, musst aber etwas warten", schrie er mit sich überschlagender Stimme. "Ich schätze mal, das wird ein Volltreffer", murmelte er noch auf dem Wege zu seinen Mitarbeitern.

Nach längerem Warten im Büro des Chefermittlers, sein Assistent hatte zwischenzeitlich Kuchen vom Café gegenüber geholt und Kaffee für uns gekocht, stürmte Brambeau mit den entwickelten Fotos herein, schrie polternd mit seiner Dunklen Baßstimme: "Dein Gehstock, der ist einfach überirdisch, so etwas habe ich noch nie gesehen, könnte ich selbst gut gebrauchen, dieses Zauberding. Bist ja noch gar nicht so alt, humpelst ja nicht, dass du ihn zum Gehen gebrauchen musst. Ist aber alles genial, sind gute Fotos geworden." Und dann, wie aus blitzdurchzucktem Himmel brüllte der Hauptkommissar: "Meine Mannschaft, alle zu mir, Camille von der "Pension Camille" und den Oberkellner vom Café Montmartre No.1, sofort festnehmen und in Handschellen legen.

Hausdurchsuchungen machen und Blutentnahmen veranlassen. Die Beweise sind so groß, den zuständigen Haftrichter für eine Festnahme brauche ich nicht und du mein lieber James kommst mit". Vor Schreck fiel mir das Stück Kuchen aus dem Mund. Ich konnte nur noch hauchen: "Wieso das denn?" "Das erkläre ich dir später", gab mir Brambeau mit hochrotem Kopf zur Antwort. Das kann ja heiter werden, grummelte es mir im Magen. Heute Abend würde die Sonne mit einem Donnerknall untergehen. Brambeau schielte immer wieder auf meine Rolex. Bald wäre es soweit und ich würde ihm die Uhr schenken und auch den fabelhaften Gehstock, der so gute Fotos gemacht hatte.

Aufgrund der Beweislage--der handfesten Beweisstücke, hatte sich Hauptkommissar Jean Jules Brambeau anschliessend vom Haftrichter die längere Festnahme zum Verhör von Camille und dem Oberkellner geben lassen.

Der schöne Duft von Frau, Flieder, Jasmin und Oleander war verflogen, nur noch in meiner Erinnerung wach. Wenn der Kommissar Recht behalten sollte, würde es jetzt Camille und dem Oberkellner an den Kragen gehen. Als Camille die Handschellen höchstpersönlich von Brambeau angelegt bekam, bettelte sie: Monsieur James, so helfen Sie mir doch, ich habe Sie immer gut bewirtet, wir haben zusammen Wein getrunken, ich habe Ihnen immer frische Croissants gemacht, ich bin kein schlechter Mensch." Starr stand ich da, sagte: "Ich kann jetzt nichts machen, der Kommissar hat hier die Befehlsgewalt".

Dann begann die Hausdurchsuchung und ich setzte mich im Frühstücksraum auf meinen Stammplatz. Was suchte der Kommissar hier mit seinem Gefolge? Alles wurde umgekrempelt: Kleiderschränke, Schubladen geöffnet, die Garderobe von Camille gesichtet, die Küche durcheinander gebracht, die Wände abgeklopft, Bilder abgenommen, um Geheimfächer zu orten. Im Hintergrund hörte ich Camille verzweifelt, mit brüchiger sich überschlagender Stimme schreien: "Ihr Verbrecher, ihr seid alles Idioten, macht mir alles zum Schutthaufen hier, ich werde euch verklagen, ich bin unschuldig, warum quält ihr mich so?".

Schon etwas mitleidig geworden hob ich meinen Kopf. Die Untersuchung der Räumlichkeiten dauerte etwa zwei Stunden, während Camille immer weiter keifte und brüllte.

Brambeau selbst durchstöberte den Bücherschrank, inspizierte den Schreibtisch und auch speziell die Garderobe von Camille sowie die Hutablagen in den Schränken. Triumphierend schwenkte der Hauptkommissar einen Beutel in seiner Hand, liebkoste diesen und sprach mit seiner unverwechselbaren Stimme: "So, genug, wir haben jetzt alles. Madame zum Revier bringen und einlochen, Blut entnehmen" und was der Kommissar im Beutel hatte, konnte ich nicht sehen. Ich zog es vor, später nach dem Inhalt zu fragen. Mit einem Teil der Mannschaft gingen Brambeau und ich zum Oberkellner. Das würde aber wohl etwas schwieriger werden. Hoffentlich bediente er im Cafe Montmartre No.1. Schön wäre es, ihm dort die Handschellen in aller Öffentlichkeit anlegen zu können, so, wie er es verdient hat.

Aber dieser aalglatte Mann könnte ja auch schon das Weite gesucht haben. Dieser "Zauberer", wenn ich daran dachte, wie schnell er immer den braunen Umschlag mit den Rohdiamanten und das Schild Reserviert 15.00 h, in seiner Hosentasche verschwinden ließ. Vielleicht war er ja schon auf dem Wege nach Antwerpen, die heiße Ware gegen viel Bares einzutauschen.

Hugo Philippe, so hieß der Oberkellner, war im Café Montmartre No.1 nicht anzutreffen. Auf seinem kleinen Namensschild stand: -Maître d'Hôtel Hugo-, daran erinnerte ich mich jetzt. Brambeau fragte beim Geschäftsführer nach.
Die patzige Antwort: "Kann ich nicht sagen, hat sich für ein paar Tage hier abgemeldet". Diese Ausrede des Geschäftsführers war schon bemerkenswert. Alle hier kannten den Hauptkommissar, erstarrten in Ehrfurcht vor ihm.

Mit Sicherheit steckte der Geschäftsführer mit Hugo unter einer Decke wegen der Diamanten. Hier kamen wir nicht weiter. Schnell schaltete Brambeau: "Wir müssen zur Halle St. Pierre, dort wohnt er" rief er mir zu. Mehrmals klingelten die Beamten an der Tür, klingelten Sturm, pochten mit der Faust auf die dünne Tür. Hohl klang das. Es machte keiner auf. Daraufhin traten die Beamten die Tür ein. Sie fiel in das kleine Zimmer hinein. Hugo lag betrunken im Bett. Nichts von alledem hatte er mitbekommen. Noch im Bett liegend wurden Hugo die Handschellen angepasst. Brambeau schlug ihm mit der flachen Hand an den Kopf und mit schnell herbeigeholtem Wasser übergoss er ihn. Er wollte einfach nicht aufwachen. Er lag nackt im Bett, es kostete viel Mühe, ihn in seine Kleidung zu bringen.

Da war alle Eleganz, die Hugo sonst beim Bedienen seiner Gäste an den Tag legte entschwunden. Durchnässt, mit wirrem Blick und noch ganz benommen stierte er uns an. Zaubern konnte er jetzt nicht mehr. Seine schmalen Handgelenke waren umschlossen von kaltem Stahl.

"Dinge wahrzunehmen ist der Keim der Intelligenz" (Laotse). Offensichtlich fand Brambeau mit seinen Leuten was er suchte. Hier dauerte die Durchsuchung der Wohnung, ein Raum, nicht so lange. Einen wesentlich kleineren Beutel als bei Camille schwenkte der Kommissar in seinen Händen. Mit Entzücken liebkoste er auch diesen. " Das ist der Hammer, ein Volltreffer diese Dinger" gurgelte er wie ein Täubchen. Auch hier wagte ich momentan nicht zu fragen, was er wohl im Beutel hatte. Zur Blutentnahme und zur Zelle wurde Hugo jetzt abgeschleppt. Vorerst war mit einem Schlage Ruhe im Karton.

Gott sei Dank! Hugo streifte mich mit feindseligem Blick. Trotz seiner Trunkenheit muss er mich erkannt haben. Wieso konnte er mich so feindlich anschauen? Ich hatte ihm doch immer ein saftiges Trinkgeld verpasst.

Die Tage vergingen wie immer: Die Sonne ging auf, die Sonne ging unter. Der Mond ging auf, die Sterne blinkten. Eva-Fee war mir nah und doch so fern. Manchmal sah man die Sonne nicht aufgehen, nicht untergehen. Kein Mond, keine Sterne. Wie wechselbar diese Welt doch ist. Ist gut so, sonst würde es langweilig werden. Dabei dachte ich an Tolstoi: "Alle wollen die Welt verändern, aber keiner sich selbst" schrieb er.

Da ist was Wahres dran. Das scheint mir aber nicht machbar zu sein. Natürlich kann der Mensch etwas lernen, sich schlauer machen, sich in seinen Umgangsformen ändern, aber den Kern seines Charakters kann er nicht verändern. Das ist von der Natur so gemacht. Daher gibt es "gute" und "böse" Menschen. Mörder aus Habgier und Eifersucht haben gar nicht erst versucht, sich zu ändern. Alle Menschen können das nicht. Es ist in ihrer Seele.

Weitere Tage vergingen. Jetzt war ich mutterseelenallein in der Pension Camille, bedauerte, keine frischen Croissants zu bekommen. Ich überlegte, wieder nach London zurückzukehren. Meine Bank würde mich mit offenen Armen empfangen.

Brambeau berichtete mir, dass er jetzt mit den Vernehmungen beginnen könnte. Eine Mordanklage vor Gericht könnte sich noch etwas hinziehen und ich würde dann als Zeuge aussagen müssen. Die Sache war jetzt schon so ziemlich ausgeufert.

Die des Mordes verdächtigten Camille und Hugo beschuldigten sich gegenseitig. Es würde aber auf: Gemeinsamer Doppelmord, heimtückisch, aus Eifersucht und Habgier hinauslaufen. Mit der Todesstrafe für beide wäre zu rechnen. Das Kommissariat und sein Chefermittler Brambeau hatten Beweisstücke materieller Art, die man in die Hand nehmen konnte. Bei einer Unterredung mit dem Kommissar erklärte er mir die Zusammenhänge. Er zeigte mir alles. Alles passte zusammen.

Ich sehnte mich nach Evafee, nach ihrem schwebenden Gang, ihrem Tanz und ihren schönen Augen, nach dem Duft von Frau, Flieder, Jasmin und Oleander und ich glaubte, alles in einer anderen Welt noch erleben zu dürfen.

Über den Ärmelkanal schaukelte das Schiff sehr. Das hätte Evafee bestimmt gefallen. Mir bekam das nicht so gut und ich ging an Deck, um frische Luft zu schnappen. Da war mir die Seine doch lieber mit dem leichten Wellengang und der roten auf- und untergehenden Sonne wie bei den Gemälden von Monet. Evafee hatte immer sehnsüchtig in die Ferne geschaut.

Die Bankleute empfingen mich mit offenen Armen. Mein Vertrag mit ihnen wurde über Jahre hinaus zu noch besseren Konditionen verlängert. Zuerst sollte ich erzählen, wie es mir in Paris ergangen sei. Als ich von den Diamanten berichtete, wollten sie mich gleich nach Antwerpen zur Börse entsenden, weil sie dicke Geschäfte witterten.

Ich sei ja jetzt der Fachmann für derlei Angelegenheiten. Seitens der Banker konnte ich irgendein Mitgefühl über Evafees Tod nicht spüren. So sind Bankleute eben. Ich lehnte ab, schon allein deswegen, weil in diesem Zusammenhang Evafee so grausam das Leben genommen wurde.

Mit Brambeau korrespondierte ich fast täglich. Er hielt mich auf dem Laufenden. Am Montmartre auf den Geschmack gekommen besuchte ich vielfach die Aufführungen im Royal Opera House. Ich saß immer in der vordersten Reihe mittig. Da konnte ich die Balletttänzerinnen gut sehen und brauchte kein Opernglas. Besonders fiel mir eine Tänzerin auf, die mit der Leichtigkeit Evafees tanzte. Immer wenn der Vorhang fiel und die Beifallsstürme nicht enden wollten, sprang ich auf und überreichte meiner Auserwählten einen grossen Strauß blutroter Rosen. Das machte ich so ungefähr fünfzehn Mal. Man ließ mich gewähren. So lernte ich Rebecca kennen. Noch im Oktober 1936 verlobten wir uns.

Brambeau teilte mir mit, dass die Vernehmungen nicht enden wollten. Er war gerade dabei, die Lange und ihren Kleinen, den Blaublütigen und den Matrosen, den er ausfindig gemacht hatte, zu interviewen. Sehr aufwändig war es, das Personal vom Sacré Coeur zu befragen.

Die zwei "Dämchen" aus der Vorstellung Schwanensee, die neben mir saßen, waren sehr widerspenstig, stanken noch immer und der Kommissar beschwerte sich bei mir. Und da war ja noch der Mafia-Boss, er hieß Jacopo Milliono, wie Brambeau mitteilte.

Ob es nur sein Spitzname war oder sein richtiger, erschloss sich mir in diesem Moment nicht. Auf alle Fälle trug er diesen Namen zurecht. Und ob Jacopo immer noch mit dem Kopf gegen die Wand rannte, wusste ich auch nicht. Auf jeden Fall konnte der Kommissar Jacopo jetzt zusammen mit Camille und Hugo vernehmen.

Von Deutschland schwappte zu uns herüber, dass Hitler schon seit seiner Machtübernahme 1933 die jüdische Bevölkerung verfolgte. Jüdische Kunst wurde diffamiert. Hitler wollte in Wien ein Kunststudium beginnen, wurde aber von den Professoren abgelehnt. Die Jury, so sagt man, setzte sich vornehmlich aus Mitbürgern jüdischer Abstammung zusammen. Hätte er doch nur die Prüfung bestanden. Eva-Fee war Jüdin. Rebecca ist Jüdin. In London gab es auch warme Sommernächte. Wir, Rebecca und ich, wohnten auf dem Lande. Wir hörten gerne dem Lied der Nachtigall zu. Die Nachtigall weiß von den Geheimnissen dieser Welt. Der Tag der Entscheidung und der Gerichtsbarkeit sollte kommen. Vom Gericht aus Paris erhielt ich im September eine Ladung, als Zeuge auszusagen. Zum Termin machte ich mich gemeinsam mit Rebecca auf den Weg. Wegen der vielen Zeugenvernehmungen wurde die Verhandlung auf drei Tage anberaumt. Wir nahmen uns ein Hotel in der Nähe des Gerichtsgebäudes.

Es sollte eine öffentliche Verhandlung geben. Wer wollte, durfte im Gerichtssaal als Zuschauer teilnehmen, wenn er denn wegen Überfüllung noch hinein kam.

Paparazzi mit ihren Blitzlichtern waren nicht zugelassen. Fotos zu machen war verboten. Lediglich zwei Zeichner durften dabei sein, um das Geschehen festzuhalten.

Am ersten Tag verlas der Staatsanwalt die 30-seitige Mordanklage gegen Pensionswirtin Camille und Kellner Hugo Philippe. Anschließend Vernehmung mit Vereidigung Mafia-Boss Milliono. Dieser hatte seinen Anwalt mitgebracht. Danach Vernehmung ohne Vereidigung der Langen, des Kleinen, des Blaublüters und des Matrosen. Pfarrer Gabriel konnte nicht vernommen werden, er war tot.

Die zwei "Dämchen", die so stanken, wurden ebenfalls vernommen. Sie bestätigten, in Millionos Diensten zu stehen. Dann kam ich an die Reihe, sagte aus, dass ich die Fotos machte und diese Kommissar Brambeau übergeben hatte. Später wollte ich von meiner Reise nach Paris in London erzählen, auch Bilder zeigen. Ich brauchte weder eine Vereidigung noch einen Anwalt.

Am zweiten Tag wurde Hauptkommissar Brambeau aufgerufen, vorzutreten. Schon gleich zu Anfang ging ein Raunen durch die vielen Anwesenden, die vielen Journalisten aus aller Welt und sonstigen Schreiberlinge. Alle waren sensationslüstern. Breitbeinig, fest auf dem Boden stehend, mit seiner sonoren Baßstimme und großer Überzeugungskraft, trat mein Kommissar vor das hohe Gericht. Da bewunderte ich ihn. Der hatte es eben drauf.

Milliono, der Mafia-Boss, der seinen Anwalt mitgebracht hatte geriet bei seiner Vernehmung immer wieder außer Fassung.

Er brüllte das Hohe Gericht an, so dass er ermahnt werden musste. Millionos Anwalt versuchte zu schlichten. "Alles legal erworben, alles legal verkauft, schließlich bin ich ein seriöser Kaufmann und bringe dem Staat viele Steuern ein" beteuerte der Mafioso immer wieder. Das Gericht war anderer Ansicht. Es wurde deutlich, dass er Evafee als Lockvogel benutzt hatte, um an die höchst betuchte Pariser Gesellschaft heran zu kommen. Im Verbund mit Camille und dem Kellner machte er das. Brambeau hatte Recherchen angestellt. Die Geschäftsführer der Diamantminen in Südafrika wurden mit "Kleinen Geldern" unter dem Tisch bestochen, überall Korruption. Keine Steuern, kein Zoll über alle Länder hinweg bis nach Paris und Antwerpen geschmuggelt. Eine direkte Mittäterschaft am Mord von Evafee konnte Milliono nicht nachgewiesen werden. Eine Freiheitsstrafe von 5 Jahren würde es für ihn geben, ohne Bewährung, äußerte der Richter. Millionos Anwalt, der neben ihm auf der Anklagebank saß, wirkte überfordert, konnte dem nichts entgegensetzen. Seinem traurigen Gesichtsausdruck konnte man wirklich nicht entnehmen, ob er vielleicht doch noch in Revision gehen würde. Hier war aber kein befangener Richter, kein Verfahrensfehler zu entdecken.

Der Langen und dem Kleinen, dem Blaublüter und dem Matrosen konnte zwar nachgewiesen werden, dass sie Diamanten abgenommen hatten, sie gingen aber straffrei aus, konnten um die Hehlerware nicht wissen, was sie immer wieder beteuerten. Bei dem Matrosen lief es aber anders, er hatte einige Rohdiamanten per Schiff nach Antwerpen verbracht. Das Gericht war aber gnädig zu ihm. Er bekam nur eine kleine Strafe, weil er dem Richter so jugendlich und sympathisch erschien.

Und ob er "Liebe" mit Evafee gemacht hatte, konnte nicht zweifelsfrei festgestellt werden und das wäre auch nicht strafbar gewesen. Und ob der Blaublütige "Liebe" mit Evafee hatte, konnte ebenfalls nicht bewiesen werden. Es könnte ja auch auf platonischer Ebene stattgefunden haben. Pfarrer Gabriel konnte nicht geladen werden. Er war außerhalb der Gerichtsbarkeit und weilte im Himmel. Und wenn er Verfehlungen begangen hätte, würde der Allmächtige ihn doch begnadigen und seine Seele weiterleben lassen. Wie kompliziert diese Welt doch ist. Aber ich tröstete mich: Heute Abend würde die Sonne in einem Roten Feuerball untergehen. Alle Farben von glühend rot, gelb, bis violett-dunkelblau, würden zu sehen sein. Dann werden wir, Rebecca und ich, an exponierter Stelle über das Lichtermeer von Paris schauen können, unorthodox angeordnet und der Sternenhimmel wird über uns sein.

Jetzt wurden Pensionswirtin Camille und Kellner Hugo Philippe in den Saal geführt. Mit Handschellen an ihren schmalen Handgelenken.Der Saal johlte. Beamte führten sie zur Anklagebank. Neben ihren Pflichtverteidigern kamen sie zum Sitzen. Camille schien zusammen zu brechen. Ihr Gesicht war aufgedunsen. Wenn ihr die Beamten nicht geholfen hätten, wäre sie beinahe noch unter die Anklagebank gefallen. Camille zerrte an ihren Schellen. Markerschütternd heulte sie: "Ich bin unschuldig, bin unschuldig, lasst mich laufen, ich habe doch nichts getan." Dabei verquoll ihr Gesicht noch mehr. Ich hatte kein Mitleid für sie. Kellner Hugo Philippe versuchte krampfhaft, sich eine Zeitung vor das Gesicht zu halten. Das gelang ihm aber nicht.

Sein totenbleiches eingefallenes Gesicht konnte er nicht verbergen. Er war stumm wie der Tod. Er war noch dünner geworden und es schien mir, dass sein Fleisch von ihm fast bis aufs Skelett abgefallen wäre. Alle Galanterie, die ihn früher beim   Servieren auszeichnete war dahin. Ich hatte kein Mitleid mit ihm.

Der Richter knallte seinen Hammer drei Mal auf sein Pult. Mit lauter Stimme rief er:"Wenn das Johlen hier nicht aufhört, lasse ich den Saal räumen". Das hatte gewirkt. In Sekunden war es mucksmäuschenstill. Alle waren in großer Erwartung, was Hauptkommissar Jean-Jules Brambeau zu sagen hatte. Alle waren sensationslüstern. Mit seiner sonoren Baßstimme, völlig gefasst und ruhig trug er vor: "Eva-Fees Haushälterin meldete uns den Mord an ihrer Chefin. Es war morgens 9.00 h. Vollständig angekleidet lag Evafee auf ihrem Bett. Die geschlossenen Augen zu den Sternen ihres Himmelbettes gerichtet. Ein fast durchsichtiger, weißer Seidenschal, unorthodox um ihren Hals gewunden. Es war ihr eigener, den sie immer so gerne getragen hatte." Bei diesem Satz stockte Brambeau etwas. Rührung war ihm anzusehen. Vor dem Bett auf dem Fußboden fanden wir eine blutige Nagelschere. Unter dem Bett einen goldenen Manschettenknopf mit Perlmuttbesatz. Auf einem kleinen runden Tisch, umrahmt von drei Stühlen, drei leere Magnumflaschen Champagner Dom Perignon. In einer war noch ein kleiner Rest. Daneben drei Glaskelche. Zwei Gläser am Rand mit Lippenstift. Aus dem einen hatte Evafee getrunken. In diesem Glas war noch ein kleiner Rest. Unsere Gerichtsmediziner fanden darin ein starkes Betäubungsmittel.

Im Apartment von Evafee, im Bad war der passende Lippenstift zu diesem Glas. Auf dem Tisch lag ein rosa Papierstück mit Druckbuchstaben beschriftet:

"Adieu, mon amour." Daneben lag ein weißer langer Damenhandschuh. In der Nähe des Himmelbetts auf dem Boden verstreut, zwei kleine weiße Papppapierschnitzel in Dreiecksform, an den Rändern ungleichmässig. Bei seinem Vortrag hob Oberkommissar Brambeau alles in die Höhe. Mit seiner rechten Hand die Gläser. Aus einem kleinen Plastikbeutel mit der Pinzette die Papierschnitzel, den Lippenstift und das beschriebene rosa Blatt Papier. "Adieu, mon amour." Der Kommissar trug bei dieser Vorführung Handschuhe. Wieder ging ein Raunen durch die Zuschauer. Die beisitzenden Schöffen räusperten sich. Der Richter und der Staatsanwalt mussten wieder ermahnen.

Hauptkommissar Jean-Jules Brambeau war noch nicht fertig mit seinen Ausführungen. Bis jetzt hatte seine Schilderung mit den Beweisstücken, die man in die Hand nehmen konnte schon großes Aufsehen erregt. Da es im Gerichtssaal sehr schwül und unerträglich heiß war, die Luft aufgrund der vielen Menschen dünn und der Sauerstoff geringer wurden sperrten die Gerichtsdiener die Fenster auf. Der Gerichtssaal lag im zweiten Stock und wenn man aus dem Fenster schaute, sah man gegenüber eine Baumgruppe. Über den Bäumen kreisten schwarze Raben. Kündigten sie wohl ein Unglück an? Sie krächzten nach Futter. Kellner Hugo Philippe sprang urplötzlich auf. Bei seiner gezeigten Schwäche hätte man das gar nicht vermuten können.

Er rannte zu einem der geöffneten Fenster, wollte fliehen oder sich zu Tode stürzen. Vom Herdentrieb gesteuert wankte Camille Framboise hinterher. Sie hatte bisher wimmernd fast unter der Anklagebank gelegen und Brambeaus Worten gelauscht. Ein Beamter musste sie immer wieder aufrichten.

Auch Jacopo Milliono hatte dieses Verlangen. Er stolperte hinterher. Für seinen Auftritt vor Gericht hatte man ihm seine Brillianten gelassen. Sie funkelten an seinen fleischigen Fingern. Auch er trug einen Stresemann. Sein Anwalt sah dagegen harmlos aus. Es entstand ein Tumult im Saal. Die Gerichtsdiener hatten Mühe, alle drei wieder einzufangen.

Es dauerte etwas, bis sie zu ihren angestammten Plätzen zurück geführt werden konnten. Viel hätte nicht gefehlt und Kellner Hugo wäre in die Tiefe, zu Tode gestürzt. Da hätte er dann der Gerichtsbarkeit vorgegriffen. Wäre der Guillotine entkommen. Von alldem beeindruckt rief die Obrigkeit zur Pause. Die Mägen knurrten. Es war bereits 12.30 h. Man hatte es sich verdient. Die drei Angeklagten, zwei von ihnen drohte die Todesstrafe , einem wohl 5 Jahre ohne Bewährung wurden immer noch handgefesselt hinausgeführt. Sie bekamen irgendwo in den Weiten des Gerichtsgebäudes zu Essen und zu Trinken. Vielleicht auch, um ihre Notdurft verrichten zu können. Das war menschlich. Rebecca und ich gingen auf den Gerichtsflur, um zur Entspannung eine Zigarette zu rauchen. Und bis jetzt hatte mir mein Freund, Hauptkommissar Jean-Jules Brambeau, außerordentlich gut gefallen. Dabei dachte ich an das Weizenfeld.

Die Raben kreisten über uns. Und Brambeau schrie: "So werde ich den Mörder umkreisen, bis sich der Kreis schließt, dann habe ich ihn."

Immer wenn mich Rebecca ansah, stieg in mir das Gefühl hoch, Evafee würde in ihr weiterleben. Es war wohl so etwas wie eine Fügung, dass ich sie kennen lernte. Die Pause war vorbei und es gab über Lautsprecher ein Zeichen, dass es jetzt weitergehen würde.

Wie im Theater nach der Pause. Auch mein Kommissar hatte sich erfrischt, konnte seine abgebrochene Schilderung der Mordtaten fortsetzen.

Die drei Aspiranten, zwei von ihnen unter Mordanklage wurden handgefesselt wieder in den Saal geschoben. Jacopo Milliono, dessen schwarzes Haar immer glänzte, vor Pomade triefte, sah heute recht stumpf aus. Pomade wurde dem in Untersuchungshaft Befindlichen nicht geliefert. Camille wimmerte immer noch, Kellner Hugo war noch bleicher geworden. Kommissar Brambeau fuhr fort: Bei der Hausdurchsuchung in der Pension Camille, Inhaberin Camille Framboise, konnten wir Folgendes beschlagnahmen: Hinter einem Bild an der Wand, genauer gesagt in der Wand, befand sich ein kleines Fach mit diversen Giftfläschchen wie Zyankali-Blausäure, Arsen und starken Betäubungsmitteln in Pillenform wie auch flüssigem Äther. Die Fläschchen hob der Kommissar jetzt hoch. Weiterhin aus dem Bad von Camille diesen Lippenstift. In einem kleinen Schränkchen diese langen weißen Damenhandschuhe.

Im Kleiderschrank auf dem oberen Bord diese zerknautschte weiße Pappkrone, von Camille selbst gefertigt und in ihrem Schreibtisch dieser rosa Schreibblock. Demonstrativ, es machte dem Kommissar sichtlich Freude, hob er alles in die Höhe.

Und jetzt kam der Hammer: Mit sicherem Griff packte er die zerknautschte Pappkrone, entfaltete sie und wies mit dem Zeigefinger auf zwei Lücken oben. Da fehlten zwei Zacken. Superschnell, wie ich es bei ihm noch nie gesehen hatte, entnahm er aus dem kleinen Plastikbeutel die zwei in Evafees Apartment gefundenen Papierschnitzel. Mit grimmiger Miene setzte er die Papierstücke in die Lücken. Sie passten genau. Ein Aufschrei ging durch den Saal.

Ich dachte: Da sind doch der Camille zwei Zacken aus der Krone gefallen, nein, beim Kampf mit Evafee herausgebrochen. Und jetzt kam der zweite Hammer.

Ganz lässig hob der Kommissar ein vergrößertes Foto hoch: Es zeigte Camille mit der weißen Pappkrone auf ihrem Haupt und den langen weißen Handschuhen bis an ihre Ellenbogen, im Cafe Montmartre No.1. Ein Schrei, mehr röchelnd, aber sehr schrill, erfüllte den Raum. Es war meine ehemalige Pensionswirtin Camille Framboise. Ich hatte kein Mitleid mit ihr. Wiederum ganz lässig hob Kommissar Brambeau den bei Camille im Schreibtisch gefundenen rosa Schreibblock in die Höhe. Auch die davon abgerissene Seite mit dem Spruch: Adieu mon amour. Dann die zweite Seite, ebenfalls von diesem Block mit dem Spruch: Hochwürden, soll zur Hölle fahren, der Allmächtige.

125

Auf dieser zweiten Seite hatte sich aufgrund des weichen Papiers, und mit einer harten Glasfeder geschrieben, der erste Spruch: Adieu, mon amour durchgedrückt. Das Gerichtslabor hatte das festgestellt und sichtbar gemacht. Ein gesamter Aufschrei der Zuschauer und auch von so manchem Schöffen hallte durch den Saal bis auf die Flure des Gerichtsgebäudes.

Camille sank bewusstlos unter die Anklagebank. Kellner Hugo saß zusammengefaltet da. Sein Gesicht war nicht mehr sichtbar. Darauf legte er ja einen besonderen Wert. Milliono feixte. Aber Kellner Hugo Philippe und der Mafia-Boss sollten noch dran kommen. Da brauchte der Mafia-Mann nicht zu feixen und Kellner Hugo konnte sich warm anziehen, denn Abgemagerte frieren schnell.

Einige Zuschauer wollten den Angeklagten an die Kehle gehen. Selbstjustiz verüben, sie lynchen. Das Hohe Gericht und das Wachpersonal hatten große Mühe, alles zur Ruhe zu bringen. Knapp war es, dass der Saal nicht geräumt wurde. "15 Minuten Pause sind genehmigt ", schrie der Richter nach dreimaligem Pochen mit dem Hammer auf sein Pult. Erleichtert wurde das zur Kenntnis genommen. Das Hohe Gericht hatte gesprochen und war in diesem Augenblick recht gütig.

Nach der Pause fuhr Kommissar Brambeau fort: Diesen Lippenstift, er hob ihn hoch, sichteten wir in Camilles Bad. Er hat dieselbe Konsistenz wie der am oberen Rand des einen Champagnerkelches, der auf dem Tisch in Evafees Todeszimmer mit dem Himmelbett stand. Das hat das Gerichtslabor festgestellt.

Diesen Lippenstift, auch diesen hob der Kommissar hoch, fanden wir bei Eva-Fee. An dem zweiten Kelch konnten Übereinstimmungen mit diesem nachgewiesen werden. Auch das konnte das Gerichtslabor zweifelsfrei feststellen. Wieder ein leichtes Raunen im Saal. Der Kommissar war jetzt etwas angeschlagen. Lange hatte er schon gesprochen. Dem Kellner sollte auch noch ein Mord nachgewiesen werden. Dem Mafia-Boss Schwarzhandel mit Rohdiamanten.

Jean-Jules Brambeau, der gewissenhafte Kommissar, erbat sich beim Richter und dem Staatsanwalt eine kleine Pause für sich. Dem wurde stattgegeben. Auch ein gestandener Mann, wie es der Kommissar war, musste sich mal, "außer der Reihe" erholen dürfen, sich auf den nächsten Fall konzentrieren. Jedenfalls hier brauchte er nicht mit seinem schwarzen Ledermantel aus dem Bett zu springen, wie in seinem Kommissariat.

Auch hier bei seinem Auftritt hatte er den Mantel an. Anders kannte man den Kommissar gar nicht. Das Besondere aber war: Der Mantel war frisch gereinigt, glatt und hatte keine Falten.

Das gefiel dem Richter. Vielleicht würde der Kommissar in seiner kleinen Pause den Mantel ablegen, denn es war immer noch stickig heiß im Gerichtssaal. Einige Zuschauer klatschten, als der Kommissar den Saal verließ. Wieder musste die Obrigkeit ermahnen. Es war hier zwar eine öffentliche Gerichtsverhandlung mit Mordanklage, im Theater aber waren wir hier nicht. Das war hier nicht schicklich. Der Kellner, der einmal mein Freund war, tauchte jetzt ganz unter. Viel war nicht mehr von ihm zu sehen.

Die Wachleute mussten ihn immer wieder unter der Anklagebank hervorkramen. Das war nicht einfach mit den Handschellen an seinen schmalen Handgelenken. Er wusste, gleich würde er an der Reihe sein. Die zwei Zeichner, die das Geschehen festhielten, arbeiteten unermüdlich. Nicht nur die Personen sollten dargestellt werden, sondern auch die Stimmung. Alle Farben, Pinsel und Stifte hatten sie zur Hand.

Erneut eröffnete das Hohe Gericht die Verhandlung. Der Kommissar war zurück. Die Fenster waren immer noch geöffnet. Schwarze Wolken zogen auf. Wie bei van Goghs Bild "Weizenfeld mit Raben ". Heute Abend würde die Sonne nicht in einem Roten Feuerball untergehen und keine Sterne würden am Himmel zu sehen sein.

Hauptkommissar Brambeau erläuterte noch kurz, dass der Champagnerkelch, der mit dem kleinen Rest ein starkes Betäubungsmittel enthielt: "Das selbe Betäubungsmittel konfiszierten wir bei Camille aus ihrem kleinen Gift-Depot. Das haben die Gerichtsmediziner festgestellt. Evafee hatte daraus getrunken."

Der Kommissar fuhr fort: "In einem Gebäude an der Halle St. Pierre, in einem kleinen Einzelzimmer trafen wir Hugo Philippe besoffen, nein ich verbessere mich, betrunken in seinem Bett liegend an. Wir hatten Mühe, ihm seine Kleidung anzulegen und ihn aufrecht zum Stehen zu bringen. Im ersten Moment nahm er nicht wahr, was mit ihm geschah. Bei der Raumdurchsuchung konfiszierten wir in einem schon leicht angeschmuddelten, weißen Oberhemd mit Blutflecken, in der Manschette noch hängend, diesen goldenen Manschetten-knopf mit Perlmuttbesatz."

Brambeau hob ihn hoch. Blitzschnell, jetzt kannte ich es von ihm, mit fletschenden Zähnen in die Höhe streckend, ein vergrößertes Foto. Es zeigte Kellner Hugo Philippe mit diesen Manschetten-knöpfen. (Er hatte ja auch immer der Wärme wegen sein Jackett abgelegt).

Beide Manschettenknöpfe, sowohl der unter Evafees Himmelbett gefundene als auch der im Hemdsärmel trugen an der Unterkante den eingeritzten Namen: Hugo. Zur Bestätigung legte der Kommissar beide vor. Jetzt wieder, blitzschnell, präsentierte er ein zweites Foto. Es zeigte Hugo, der so vornehm kellnern konnte, mit einem dicken weißen Verband am Hals. Der ganze Gerichtssaal griente. Auch der Staatsanwalt und der führende Richter. Die Schöffen hatten Mühe, ein Lachen zu unterdrücken. Der Mafia-Boss feixte. Der Staatsanwalt mahnte, ob es denn nicht leiser ginge.

Und jetzt wieder mit fletschenden Zähnen, hob der Kommissar die blutige Nagelschere in die Höhe. Das Blut daran war schon etwas angedunkelt und verkrustet. "Die Nagelschere lag auf dem Boden vor Evafees Himmelbett. Das Blut auf dem angeschmuddelten Hemd und das Blut auf der Nagelschere ist von dem Oberkellner Hugo Philippe" donnerte der Oberkommissar jetzt los. "Das konnte von der Gerichtsmedizin eindeutig nachgewiesen werden." Jetzt war der Teufel los.

"Auf die Guillotine" mit ihm, riefen einige Zuschauer. Es musste ein vom Gericht gestellter Sanitäter beansprucht werden. Der setzte Hugo eine Sauerstoffmaske an. Hugo Philippe, der smarte Oberkellner, der so vornehm bedienen konnte rang nach Luft und lief bläulich an.

Ich hatte kein Mitleid mit ihm. Die Pflichtverteidiger von eben diesem Hugo und von eben dieser Camille schauten irritiert in die Luft. Teilnahmslos nahmen sie alles zur Kenntnis. Es war ja auch egal. Sie wurden vom Staat bezahlt. Die Sache war aber noch nicht beendet.

Jetzt brüllte der Kommissar, seines Zeichens Superermittler für Erdrosselte und Vergiftete: "Hier, dieser Brieföffner, den haben wir hinter dem Kleiderschrank von Pfarrer Gabriel sichergestellt. Das Blut daran ist von Camille Framboise. In einem der drei aufgefundenen Champagner-Gläser noch Reste von Zyankali-Blausäure-Arsenik. Aus diesem hat Pfarrer Gabriel getrunken. Die Gifte sind aus dem Kleinen Giftschränkchen dieser hier auf der Anklagebank sitzenden. So etwas Grausames, so etwas Hinterhältiges habe ich während meiner gesamten Laufbahn noch nicht erlebt.

Bei ihrer Einlieferung zur Untersuchungshaft stellten die Ärzte eine verkrustete Wunde in der Nähe ihres Herzens fest". Jetzt wurden viele im Saal laut. Pfarrer Gabriel hatte sich noch im Todeskampf gewehrt. Auge um Auge, Zahn um Zahn. Camille Framboise, die Giftmischerin sank bewusstlos in die Arme ihres Pflichtverteidigers, aber auch er war machtlos. Er machte sowieso nichts, sah immer in die Luft, denn auch er wurde vom Staat bezahlt. Die schwarzen Wolken am Himmel verdichteten sich. Es begann zu stürmen. Der Regen peitschte. Die Fenster wurden geschlossen. Wie sehr sehnte ich mich nach Sonnenschein an der Seine. Rebecca fühlte mit mir.

Es war ein Schauprozess. Die Pariser Gazetten bekamen in dicken Schlagzeilen Futter. Die Paparazzi lauerten vor dem Gerichtsgebäude. Vielleicht könnten sie noch etwas zum "Schießen" erwischen. Es sollte ein Exempel statuiert werden. Zur Abschreckung von Nachahmern. Das Pariser Gericht kündigte an, das Urteil gleich nach dem Schluß des dritten Tages zu fällen. Das war ungewöhnlich.

Die Obrigkeit hatte sich aber schon besprochen. Die Pflichtverteidiger und der Anwalt von Jacopo Milliono, sahen keine Chance, in Revision zu gehen. Die vorgetragenen Beweise waren unumwerflich. Zwei von ihnen würden in die Hölle kommen. Der Allmächtige würde gleich ihre Seelen mit verbrennen. Die Seele ist imaginär, keine Materie, aber der Allmächtige kann die Seele auslöschen. Es bleibt gar nichts. Der Scharfrichter müsste noch in Aktion treten, ein Termin müsste vereinbart werden und das könnte noch etwas dauern. Das Hohe Gericht wollte aber schnell reinen Tisch haben.

Jetzt könnten die Todesaspiranten ihr schönes Leben noch eine Weile in der dunklen Zelle genießen. Auch hier würde zum Schluss ein Pfarrer kommen, gut zusprechen.

Die Todgeweihten könnten sich ihre Lieblingsspeise bestellen. Aber der Scharfrichter hatte vorher sein Messer gewetzt, damit die Köpfe in einem Schnitt, mit starren Augen über die Holzplanken rollen und das Volk würde wieder sensationslüstern sein und markerschütternd schreien. Die Köpfe würden in den Abfallbehälter purzeln. Anschließend würde der noch zuckende Körper dazu geworfen.

Die Zeit schritt voran. Der zweite Tag im Gerichtssaal wollte einfach nicht enden. Punkt 15.30 h wurden Camille Framboise und Hugo Philippe in Handschellen von der Anklagebank nach vorne geschubst. Die Beamten waren nicht zimperlich. Camille musste immer in die Seite geboxt werden, damit sie überhaupt weiter ging. Und Hugo Philippe war bald gar nicht mehr zu sehen, nur noch ein Schatten seiner selbst, auch im Kopf.

Sie wurden vereidigt. Eigentlich ging alles ganz schnell: Der Eine schob dem Anderen die Schuld zu. Auf die wichtigste Frage des Staatsanwalts "Wer hat die Schlinge denn nun zugezogen?" antwortete Camille: "Es war ein Unfall-nein-Hugo war es! Auch den Kehlkopf hat er ihr noch zugedrückt". Hugo, wutentbrannt: " Das ist nicht wahr, wir hatten gesoffen, getrunken, du Scheusal, du Hexe, du warst es". "Und wie ist das Gift in den Champagner des Pfarrers geraten?" wollte der Staatsanwalt jetzt wissen.

Darauf beide, fast gleichzeitig: "Das war er selbst, er wollte abtreten" "Respekt" sagte der Staatsanwalt sarkastisch, durchaus brauchbare Geständnisse!" Der Richter lächelte vielsagend und entließ die beiden zurück zur Anklagebank. Die Todgeweihten waren jetzt schon nicht mehr auf dieser Welt. Die Pflichtverteidiger sahen durch die Fenster nach draußen. Alle Worte wären vergeblich gewesen. Es donnerte und blitzte. Die Schöffen saßen zufrieden auf ihren Stühlen. Der Mafia-Boss feixte. Jacopo Milliono hatte den richtigen Namen. Das hatte das Gericht laut Pass festgestellt. Es war nicht sein Spitzname. Mit Sicherheit war der Pass gefälscht. Das kommt in diesen Kreisen öfter vor. Halleluja !

Jacopo Milliono wurde nach vorn gerufen. Schleppenden Ganges, die Handschellen klirrten an seinen dicken Gelenken, trat er vor den Richter. Der Anwalt von Jacopo sah derweil zum Fenster hinaus. Auf der Anklagebank hatte es zwischen ihnen Streit gegeben. Laut war geworden: "Wofür bezahle ich Sie eigentlich, das wird alles gestrichen". Unsicher trat Jacopo vor, strich sich immer wieder durch sein Haar. Die Pomade fehlte. Die Handschellen waren im Wege.

Er musste sich ganz schön verbiegen. Jacopo Milliono wurde vereidigt. Der Richter zurrte auch seine Personalien fest und forderte Milliono auf, Platz zu nehmen. "Signore Milliono, mit unserer Landessprache sind Sie ja bestens vertraut. Wie uns wiederholt zu Ohren gekommen ist gehe ich einmal davon aus, dass Sie auch der Anklageschrift der Staatsanwaltschaft mühelos folgen konnten." Verschmitzt lächelte der Richter dabei, der Angeklagte hingegen nickte mit einem breiten Grinsen, bei dem seine bleckenden gelben Zähne zum Vorschein kamen.

Der Richter weiter: "Bei Ihrer Organisation wird keine Buchhaltung geführt, selbst schuld, nur Korruption, Bestechung und Erpressung sind bei Ihnen an der Tagesordnung. Manchmal erschießt Ihre Organisation andere oder ihr euch auch selbst. Ein anderer Clan will alles haben", reagierte der Richter. Jacopo sprang jetzt auf, die Kraft hatte er noch, der Richter reizte ihn. "Das müssen Sie erst einmal beweisen" feixte er. Als Zuschauer wunderte ich mich, wie gewählt er sich jetzt ausdrücken konnte. Jetzt meldete sich der Staatsanwalt zynisch zu Wort: "Zuverlässig begleitet von einer langen Reihe anhängiger Delikte haben Sie sich erneut des illegalen Rohdiamantenhandels befleißigt und strafbar gemacht.

Es sind mehrere Leute Ihrer Organisation festgenommen worden. Die haben gesungen. Angegeben haben sie unter Hafterleichterung, dass Sie der Boss sind, dass Sie alle betrügen. Was können Sie uns dazu sagen?" "Die zwei auf der Bank da haben mich von oben bis unten beschissen. Die Abrechnung hat nie gestimmt." Mehr konnte Milliono nicht vorbringen, schwer getroffen sackte er auf seinen Stuhl zurück. Er war ganz bleich geworden. Ohne Pomade war sein Haar jetzt ganz zerfurcht.

Staatsanwalt und Richter lächelten süffisant. Auch im Saal kam Freude auf. Der Richter entließ Jacopo zurück zur Anklagebank. Der gerissene Milliono war jetzt so gut wie "schachmatt" gesetzt. Bereute er schon seine vielen Betrügereien? Trotz seines Stresemanns und seiner funkelnden Beringung glaubte man, den "Beschiss" an ihm riechen zu können.

Endlich, gegen 16.45 h konnte der zweite Prozesstag beendet werden. Der Staatsanwalt rief zur Ruhe. "Morgen, 10.00 h ergeht das Urteil. Ich bitte um pünktliches Erscheinen". Der Staatsanwalt, der Richter und die beisitzenden Schöffen begaben sich zurück in ihre Gemächer. Die Angeklagten wurden in Handschellen in ihre dunklen Zellen zurückgebracht. Ohne Geschrei ging das nicht ab. Hinter dem Staatsanwalt und dem Richter stolzierten die Schöffen. Wie die Cover-Girls, die ihre Beine immer hochschlagen wie Soldaten bei ihrer Parade. Brambeau, mein Hauptkommissar, klopfte mir von hinten leicht auf die Schulter. Bellevie, seine Frau stand neben ihm, eine zierliche Person.

Etwas schachmatt sah der Kommissar aus, lachte in seiner unnachahmlichen Weise. "Ich möchte euch gerne zur Feier des Tages einladen, am besten gehen wir ins Moulin Rouge".

Prompt erwiderte ich: "Nein, bitte nicht, du weißt schon, Jean-Jules: Dann gehen wir in eines der besten Restaurants von Paris, dort kocht ein Drei-Sterne-Koch. Wird laufend vom Guide Michelin ausgezeichnet. Dort werden die schönsten Platten der Welt aufgelegt. Caruso, Piaf, Chevalier, Gabin".

Da war ich erfreut und sagte gleich ja. Die zwei Damen neben uns, Rebecca und Bellevie lachten amüsiert. Es war ein köstlicher Abend und wir unterhielten uns angeregt, lauschten der Musik. Ich unterhielt mich vorwiegend mit Jean-Jules.

Die Frauen unter sich. Einmal hörte ich wie Rebecca sagte: "James ist ein Träumer, verstehe ich nicht bei seinem Beruf". Bellevie, die Zierliche, mit hellen blauen Augen gurgelte wie ein Täubchen: "Mein Jules ist auch ein Träumer, verstehe ich auch nicht bei seinem Beruf." So ging die Zeit dahin. Als wir vor die Tür traten, hatten sich die dunklen Wolken verflüchtigt. Es war Nacht und der Mond ging silbern auf. Wir sahen über das Lichtermeer von Paris, unorthodox angeordnet, über uns der Sternenhimmel. Da erfasste mich eine leichte Melancholie. Aber Rebecca stand neben mir. Sie duftete nach Frau, Flieder, Jasmin und Oleander. Wir wünschten uns eine gute Nacht. Der morgige Tag würde sehr anstrengend werden.

Mondnacht von Sternenthaler*

Der Richterhammer knallte unerbittlich 3 x nieder. Wie in Zeitlupe, Zeitlupe, Zeitlupe. Hallte wider, hallte wider, hallte wider. Totenstille im Gerichtssaal. Man hätte eine Stecknadel fallen hören können. Wie versteinert, wie Wachspuppen auf der Anklagebank: Camille Framboise, Hugo Philippe und Jacopo Milliono. Bis in ihr Mark, bis in die letzte Zelle ihrer Gehirne drang der Hammerschlag. In ihren ihnen schon liebgewordenen Handschellen mussten sie aufstehen.

"Im Namen des Volkes, Camille Framboise und Hugo Philippe werden verurteilt wegen gemeinschaftlichen Mordes an Eva-Fee und Pfarrer Gabriel. Die Taten wurden vorsätzlich ausgeübt, heimtückisch und aus niederen Beweggrüden zur persönlichen Bereicherung, aus Habgier und Eifersucht.

Pfarrer Gabriel wurde vergiftet, weil er Camille und Hugo bei der Mordtat an Eva-Fee durch sein Kommen überraschte. Strafmaß: Tod durch die Guillotine. Jacopo Milliono wird wegen fortgesetzten, räuberischen Betruges in Millionenhöhe mit sieben Jahren Zuchthaus bestraft. Hiermit sind die Urteile rechtskräftig.

Nach der Totenstille und den letzten Worten des Richters, brach Beifall aus. Ein gerechtes Urteil, so hörte man. Die Sensationsgier der anwesenden Zuschauer war befriedigt. Die Verurteilten wurden abgeführt. Und was war mit mir? Eine Befriedigung konnte ich nicht feststellen.

Alles war so unwirklich. Rebecca und ich verabschiedeten uns vom Kommissar und seiner Frau. Wir wollten noch zum Cimetière de Montmartre, Eva-Fees Grab besuchen und einen Gärtner zur Pflege der Grabstelle beauftragen.

Bald reisten wir nach London zurück. Brambeau, das Hohe Gericht und ich, wir wussten: Camille war lesbisch. Sie war von Eifersucht zerfressen, konnte werder platonisch und schon gar nicht sexuell Eva-Fees Liebe erreichen.

Brambeau hatte mir erzählt, dass damals Untersuchungen stattgefunden hatten, als Camilles Lebensgefährtin so plötzlich verstarb. Einen Giftmord konnte man Camille allerdings nicht nachweisen.

Am finalen dritten Gerichtstag hätte ich gerne den Bolero von Maurice Ravel gehört. Der endet musikalisch als Höhepunkt in Dissonanz. In der Wiederholung liegt das Geheimnis.

Zeitlupe, Zeitlupe, Zeitlupe. Widerhall, Widerhall, Widerhall. Das wäre vielleicht etwas kitschig gewesen. Mir aber hätte es gefallen.

Wir waren wieder in London angekommen und erneut begann der Ernst des Lebens. Ich ging wieder zum "Zocken" in meine Bank. Mal hatte ich eine Glückssträhne, mal ging es nicht so gut. Oft begleitete ich Rebecca. Sie musste hart trainieren, um für die nächste Vorstellung fit zu sein. Ich wurde ihr Manager, verschaffte ihr Auftritte in der ganzen Welt. Wir waren viel unterwegs. Das kam uns entgegen. Wir hatten immer dieses Gefühl von Fernweh wie Eva-Fee es auch hatte, Seelenverwandtschaft. Dabei konnte ich meinem Hobby frönen.

Wir tummelten uns in den schönsten Museen dieser Welt. Bilder von van Gogh, meinem alten Freund begegneten uns oft. Dabei lachte und weinte mein Herz zugleich. Genies müssen früher sterben. Eva-Fee auch. Einstein hat es länger ausgehalten. Aber er kann die Seele nicht berechnen. Kein Mensch kann das. Der Allmächtige schon.

Und dennoch sind Camille Framboise und Hugo Philippe der Gerichtsbarkeit entkommen.

Camille, die Giftmischerin vom Montmartre hatte immer für den Fall aller Fälle eine Giftkapsel bei sich. Die Kapsel hatte sie sich an der Innenseite ihres rechten Oberschenkels mittels eines kleinen Pflasters geklebt. Bei allen Untersuchungen des Gefängnispersonals ist das nicht aufgefallen.

Die Wahrscheinlichkeit, an dieser Stelle ihres Körpers berührt zu werden war äußerst gering. Eines Morgens lag Camille tot in ihrer Zelle. Sie hatte die Kapsel zerbissen, wie später auch der "Braune" Da hatte der Staat nicht mehr für sie zu sorgen. Eine Ausgabe weniger und ihre Seele entsorgte der Allmächtige. Hugo Philippe, der einstmals strahlende Oberkellner, der nur dem Mammon nachjagte, der so vornehm bedienen konnte, der Zauberkünstler hat sich am Fensterkreuz seiner Zelle an den inneren Gitterstäben erhängt. Die Stäbe waren ziemlich hoch. Er stellte sich auf seinen einzigen Stuhl und ließ sich plumpsen. Aus der Gefängniswerkstatt, in der er arbeiten musste hatte er sich eine Schere entliehen. Er schnitt sich aus seiner Sträflingskleidung Bänder und knotete diese zusammen. Der Staat musste nicht mehr für ihn sorgen. Wieder eine Ausgabe weniger. Und wie bei Camille entsorgte auch seine Seele der Allmächtige.

Zu guter Letzt: Der Mafia-Boss Jacopo Milliono wurde von seinen Mitarbeitern rausgehauen. Die haben das Zuchthauspersonal wie üblich bestochen. Er lebt heute unter falscher Identität wohl in Südamerika, Interpol ist auf der Suche nach ihm. Dem Mafioso wird sich dort wohl ein neues Arbeitsfeld erschlossen haben. Der Handel mit Opiaten ist sehr gewinnbringend. Keine Buchhaltung, keine Steuern, kein Zoll, noch mehr Korruption, noch mehr Tote, noch mehr Blut. Blutopiate---Blutdiamanten.

Wenn ich, James, auf dem Sterbebett liege, möchte ich gerne mit Rebecca und Eva-Fee, Eva-Fee und Rebecca in den Himmel tanzen. Das wäre schön, aber vielleicht auch zu kitschig? Mit diesem Gedanken schlief ich beruhigt ein. Ich musste Kräfte sammeln für den nächsten Tag.

ENDE

Quellenverzeichnis der Abbildungen :

Titelblatt-Cover: Bildnis Eva-Fee : Sternenthaler*
Klappentext : Bildnis Eva-Fee : Sternenthaler*
Seite 77 : Landschaft Kornfeld : Sternenthaler*
Seite 136 : Mondnacht : Sternenthaler*

Gemeinfrei – Wikipedia:

Seite 55: Leonardo da Vinci – Mona Lisa
Seite 79: Vincent van Gogh – Sternennacht,
Seite 69: Edgar Degas – Tänzerin
Seite 81 : Vincent van Gogh : Weizenfeld mit Raben (Krähen)
Seite 115 : Claude Monet – Sonnenaufgang

Zeitfracht Medien GmbH
Ferdinand-Jühlke-Straße 7
99095 Erfurt, Deutschland
produktsicherheit@kolibri360.de